EFÍMERA

Laura German

ISBN: 978-9945-29-017-2

A mi madre, que quizás sin darse cuenta me lanzó al mundo de la escritura desde pequeña. A mi padre, que cada dos por tres, pregunta por la siguiente historia.

LA CHICA DEL CAFÉ

He llegado a creer que estamos destinados a encontrarnos con al menos un evento cósmico a lo largo de la vida. No has de saber cómo luce, qué es o mucho menos cuando sucederá, pero vas a reconocerlo tan pronto te toque; nada pudo haberme preparado para la sinfonía de balas y flechas, el universo que traía consigo Valeria Alessandra D´Amico.

El día en que conocí a la molesta e insufrible Val, una mañana de septiembre, llovían borregos, perros y gatos. Toda la semana estuvo soleado, pero en cuanto supe de su existencia y me vi en el asiento trasero del Toyota rojo de Erik rumbo al aeropuerto, de repente el sol desapareció y la lluvia llegó. Su ser irradiaba alguna especie de resplandor, como si conociese el secreto del universo y se jactara al respecto, restregándome en la cara la felicidad que contenía aquel cuerpecito que con seguridad no pasaba de un metro sesenta y uno. A pesar de que su llegada trajo la desdicha a este lado del continente, me encontré a mí mismo todas las mañanas observándola ordenar galletas de canela que a final de cuentas no comía, tomar quizás café y escribir hasta las diez en un diario negro de cuero medio desgastado que siempre llevaba consigo. Y es curioso, llegué inclusive a creer tierno la forma en que distraídamente dejaba caer la mejilla sobre la mano al mismo tiempo que su cabello castaño se

escurría entre los dedos. He de admitir que junto a ella no solo llegó el peor clima jamás visto, sospechosamente también se presentó la demencia sin sentido a mi vida, de esas en la que gastaba horas debatiendo por qué la detestaba y a la vez despertaba una intriga que no parecía mía, haciéndome sentir como un nene de cinco años que no sabe lo que quiere al final del día.
Así transcurrieron las mañanas desde su llegada a finales de otoño, atrapado entre la confusión de odiarla por atreverse a colisionar con mi galaxia y la extraña calidez al verla inmiscuirse en mi rutina. Cada día lo mismo, las mismas galletas sin comer, el mismo café y la misma historia que parecía no tener fin. Luego estaba yo, que me había convertido en una constante más, observándola en cada oportunidad que lograba robar, sin valor para decir un simple *"Hola"*.

Por la tarde podía verla desde lejos reír con los chicos, dirigirme una mueca torcida en cuanto llegaba a su lado, despedirse con alguna excusa tonta y marcharse como si mi llegada fuera alguna especie de mata plagas. No la culpo, hiciera lo mismo de estar en su lugar y uno de los mejores amigos de mi mejor amigo me recibiera con tanta apatía injustificada y desdén.

—Es muy divertida —comentó Peter mientras la observaba alejarse. No puedo opinar lo mismo pues nunca he sido honrado con alguna de sus sonrisas.
—Creo que no le simpatizo —agregué sin darle mucha importancia, sobrepasando mi cuota diaria de cinismo.
—Es nueva en la ciudad, disculpa si como las demás aún no cae rendida a tus pies.
—Ni mucho que interese —y es aquí cuando dejaba que fuese mi orgullo el que hable.

Tal vez Peter tenía razón, quizás solo me preocupaba el hecho de que, a diferencia de otras, ella parecía no inmutarse con mi presencia. No me malinterpreten, no es que mi existencia se base en la cantidad de mujeres que voltean a verme, no me considero tan ególatra, pero, ser pasado por inadvertido tal como un bicho, hiere la estima de cualquiera, incluso la mía que alardeaba de ser inmune a su mirada. Bueno, puede que sí estuviera un poco lleno de mí mismo, pero es que Valeria me dividía entre al que no le interesaba su presencia y el que deseaba ser privilegiado con su atención. Y vaya que Peter disfrutaba ver como ella me causaba cierto cortocircuito.

¿En qué parte de la historia la chica nueva se quedaba con mi grupo de amigos y me dejaba a un lado? ¿En qué momento comenzó a molestarme?

De pequeño escuchaba a mi abuela decir que aprender a conocernos y vivir conformes con la persona que somos es la principal misión de cada ser humano, procurar convertirte en alguien que tu niño interior admire. Por un tiempo creí haber crecido como la clase de persona que Nana describía, que poco me afectaba no agradarle a los demás o al menos así fue hasta que conocí a la italiana loca por las galletas sin comer y el café.

Para variar, aquella tarde decidí tomar un descanso de ella y lo que fuese que me invitaba a descubrir sus secretos. Con los chicos quedamos de ir a la pista de hockey, estaba más que seguro que sudar y correr sobre el hielo sería suficiente para regresar a la rutina que ella deliberadamente interrumpió.

Cuando por fin Erik se dignó a llegar montamos el carro de Peter. Era temporada de invierno y teníamos como misión disfrutarla al máximo antes de que las clases comenzaran. De correr con suerte esperaba que tener a los chicos gritando y persiguiendo un disco devolviera mi cabeza a donde debe estar. Una vez más, no fue lo que conseguí.

— ¿Hay espacio para tres jugadores más? —vociferó Adler captando nuestra atención desde la banca
— ¿Tres? —busqué a su lado el tercer jugador además de Adler y Edward, tan solo para encontrarla a ella colgando del brazo del rubio.
— ¿No crees que es muy rudo para ella? —fue Peter quien se acercó retirando la máscara protectora de su rostro—. No quiero que la pequeña salga lastimada.
Dios bendiga a Peter y su habilidad de decir lo que pienso con palabras más bonitas. Su don evita alrededor de un dos por ciento el que diga los abruptos que mi mente fórmula sin filtro alguno.
—Créeme, Pete, es más probable que el lastimado seas tú —intervino Erik pasándole una de las máscaras a Valeria—. Además, es solo un juego amistoso.
— ¡¿Es en serio?! —repliqué— ¡Es una chica! no quiero ser responsable de sus dientes rotos ni mucho menos llevarla a emergencias.
—Tal parece Harry tiene miedo de perder contra una chica. —dijo Peter burlón.
— ¡Se lastimará! —abrí los brazos hacia ella como si no fuera obvio.
—Creo poder manejar un palo de hockey. No te ofendas, pero no creo que este deporte sea tu fuerte —agregó ella colocando la máscara sobre su rostro—. Además, ¿Qué es un poco de hielo?
—Bien. Espero tampoco te moleste tenerlo entre los ojos.
—Cuidado, Harold —me advirtió Erik, a lo que respondí con un leve encogimiento de hombros y una expresión despreocupada.

El marcador iba empatado 3-3 con Peter, Adler y Valeria contra Erik, Edward y yo. Las voces de los chicos repercutían con euforia, un punto más y ganaríamos. A pesar de todo resultó ser tan relajante y liberador como esperaba. Valeria resultó ser decente en el juego,

lo suficiente para anotar uno de los 3 puntos.
—No te dejaré —amenazó ella con una sonrisa competitiva en sus carnosos labios, pálidos por el frío, una línea torcida se hizo presente en los míos y como pude traté de abrirme paso; patinamos hacia el centro de la cancha en busca del disco y la sonrisa que se daba lugar en mi rostro no podía ser más burlona y ególatra. Sus patines chirriaron y antes de poder hacer algo robó el disco de mis manos haciendo que mi cara se estampara contra la pista, enviándole el pase a Peter quien anotó el punto ganador.

—Buen juego —tendió su mano frente a mí, sonriente y jadeante.
—Igual —arrastré las palabras, rechazándola.
—Disculpa a mi amigo, Val, es un neandertal sin modales.
—Descuida, Pete. No es novedad.
¿Puedo llegar a ser más patán? Seguramente sí. El tono en su voz me obligaba a dar media vuelta hacia atrás y pedirle disculpas, pero mi orgullo como siempre era más fuerte que yo y solo seguí. Me sentía como un niño en cuarto grado enamorado, sentía desconcierto, un tanto de rabia y un poco de intriga, podría compararlo a la vez que me enamoré de una de las hermanas Adler en tercer grado y como resultado pegué goma de mascar en su cabello, pero no, Valeria me provocaba más que pegarle goma de mascar, mas no tenía la mínima idea de qué.

Dos días después del partido el sol insistía en no calentar la ciudad tan siquiera unos pocos grados más y aun así mi hermana usó su súper poder de *"estoy embarazada y soy tu hermana mayor"* para hacer que fuera por su orden diaria de café, en ese entonces tenía ya cinco meses de embarazo y ni por una sola semana dejó de insistir en el mismo moca con menta que casualmente preparaban a tres cuadras de casa. Salí de un portazo mientras a la vez algo dentro de mí se alegraba pues sabía que la única razón por la que caminaba esas tres cuadras en invierno no era el amor fraternal ni la devoción a mi hermana mayor, no, la única razón de salir de casa temprano en busca de un maldito café era verla a ella, a Valeria. Llegaba a ser estúpido: ¿por qué levantarme antes de las diez para verla si tanto la detestaba? Me parecía curiosa aun cuando al abrir la boca no hiciera más que herirla. La chica llegó a Londres en busca de amigos y lo único que hice fue serle indiferente, despreciarla cuando bien sabía todo lo que deseaba era sentarme en las mañanas a su lado y charlar, ver ese cuaderno en el que tanto trabajaba y tal vez hacerla reír como lo hacían mis amigos.

No hace falta decir que mis expectativas iban y venían al acercarme, pero de todas formas lo diré: mis expectativas iban peor que el Titanic o el muro de Berlín en picada. *Quizás al estar tan frío hoy no venga* —pensé— pero me equivoqué. Como todas las mañanas estaba allí sentada, mi orden no estaría lista hasta dentro de veinte minutos ¿por qué no hablarle? Cinco minutos duró mi batalla mental hasta que decidí que aquella mañana sería el día, me pondría los pantalones y le hablaría; le pediría disculpas por mi inapropiado comportamiento e iba a rogarle a Dios por que aceptara comenzar de nuevo.

—H-ho-hola —sonó peor de lo que esperé. Ella levantó con lentitud la vista y miró a su alrededor, enarcó las cejas desconcertadas y entreabrió los labios.
— ¿Disculpa? ¿Me hablas a mí? —preguntó incrédula.
—No hay nadie más.
—Tengo más que claro que prefieres hablar con el aire a tener que dirigirme la palabra.
—Eso no es verdad.
— ¿En serio? —inquirió con tono irónico y media carcajada.
—Mira, lo siento ¿sí? En realidad, no soy así. Suelo ser más agradable.
—Descuida, yo no suelo ser muy suertuda en ese aspecto —su tono adoptó un sarcasmo irritante que desconocía. Grandioso.
—No bromeo. No sé el porqué de mi comportamiento. Te juro que

no soy así —tomé asiento al contemplar que no cabía la posibilidad de que ella me invitara hacerlo— es solo que…

—La chica extraña llegó y sentiste que se robaba a tus amigos, ¿no? —concluyó por mí con el ceño fruncido—. Ni que tuvieras seis años, Harry. Ya debo irme —miró el reloj en la pantalla de su celular y se puso de pie.

—Espera —farfullé sujetando su mano antes de que se marchara—. Lo único que estoy tratando de decir es que lo siento. Discúlpame por ser un desgraciado encaprichado egoísta, perdón por comportarme como un patán. Perdón por juzgarte sin darte una oportunidad… Lo siento —. Las palabras brotaron y su expresión se suavizó.

—No creo que seas un desgraciado. Encaprichado, patán sí, pero desgraciado no.

— ¿Estás jugando conmigo?

— ¿Qué?

—Estoy diciendo que lo siento.

—Sí, ya lo escuché. ¿Qué se supone debo hacer? ¿Qué acepte y olvide lo mal que me has tratado el último mes? Lo siento, pero las cosas no funcionan así, rizos.

A pesar de que su habilidad para tener una respuesta en segundos comenzaba a irritarme, he de admitir que jamás me gustó tanto ser apodado "rizos" como cuando salió de sus labios.

—Me estoy tragando mi orgullo ¿Y tú dices que así no funciona? ¿Entonces cómo funciona, Alessandra?

—Mira, de donde vengo es muy descortés despreciar a alguien sin conocerle, y discúlpame si mi orgullo también quedó herido. No sé lo que te creas y te juro que no me interesa, pero lo que sea que te traigas déjame fuera; una sonrisa y una mirada bonita no basta para pedir disculpas. Y por favor, no me llames Alessandra.

Al comprender que en serio saldría por esa puerta comprendí que no la podía dejar ir, no así.

—Valeria —pronuncié su nombre con culpa—, de veras lo siento.

Te propongo algo, borrón y cuenta nueva. Comencemos de nuevo —pedí. Ella observó la mano que ahora yo le tendía, examinó mi expresión por varios segundos, hizo una mueca torcida y me miró con suspicacia. Suspiró con pesar y aceptó la mano que le brindaba.

—Está bien —dijo finalmente en un resoplido.

Veintidós de diciembre del 2015, fue el día en que finalmente fui valiente y hablé con la chica del café.

AMIGOS

Barnes es un lugar agradable para vivir, ciertamente no es Liverpool, pero lleva consigo el encanto londinense: atracciones que llenan a diario las calles de turistas, buenas escuelas y ese aire colonial futurista. De volver a nacer me gustaría vivir en la misma ciudad, a pocos pasos del Támesis y otros tantos minutos del Olimpic Sound Studios, sólo para pretender con mis amigos que somos los Beatles durante el día y regresar a casa a tiempo para la cena. Sin embargo, aun contando con lugares por ver y escondites que descubrir, la vida que ha sabido ser caprichosa a más no poder desde el origen de los tiempos, se las arregla para convertirse en rutina con el pasar de los años, mostrándose en la más vana de las apariencias y de formas que aún no conseguía comprender. Nos permite elegir nuestra propia usanza, he llegado a pensar que, cuidándose de no ser juzgada, empero, resulta frustrante que incluso al ser arbitrariamente improvisada, se aferra hasta convertirse en lo seguro, obligándome a ser esclavo de expectativas, llevándome a poseer esperanzas sin importarle cuan desechado termine al final del camino.

De traer tales palabras a la vida, han de llevar el nombre de Valeria y cargar esa endemoniada sonrisa que sin mi consentimiento me calentaba no importaba lo frío que fuese el invierno. No fue pasado un mes de su llegada, no, fue la semana que transcurrió luego, que aprendí a admirar sus miradas e hice las paces con la chica extranjera apasionada por el café y las historias. Peter tenía razón, resultaba imposible no pasar un buen rato con ella. Lo sé, fui testigo cada mañana y al caer el sol.

A diferencia del último mes, despertaba con más ánimo en las mañanas sabiendo que, aunque regresaría a casa con nieve en lugares que me reservo a mencionar, lo haría con la más estúpida y satisfactoria de las sonrisas pues mientras esperaba el antojo matutino de Emma, tendría veinte minutos haciendo, de alguna forma, un lugar en el mundo de Valeria donde yo pudiera encajar. Pensándolo bien, supongo que era yo el caprichoso, a fin de cuentas. Gastar horas hablando de nada e incoherencias con ella se convirtió en uno de mis pasatiempos favoritos, no frecuentaba otra chica que no fuese Valeria Alessandra D´Amico, y aunque detenerme a pensarlo me conducía a esa demencia que solo conocí con ella, al final del día no me molestaba. Había solo una forma de descubrir con seguridad el qué motivaba en mi Valeria y por qué, y era estando a su lado.

Durante dos días seguidos fui forzado a interrumpir mi nueva rutina, fue entonces cuando descubrí lo dependiente que había crecido en torno a ella. Tres días antes de año nuevo, Erik y Valeria condujeron hasta el centro de Londres, las clases empezarían pronto y como era de esperarse, Erik se instalaría en un apartamento cerca de la universidad y con él, ella también. ¿Por qué no quedarse en los dormitorios del campus? Se preguntarán y he de responderles que, de los cinco, él siempre fue así, independiente. También habitaba el detalle de que, por razones que aún no tenía el privilegio de entender, no confiaba en dejar a Valeria por su cuenta, *"desastre con patas"* era como solía llamarla. En lo que respecta al resto de los chicos, no creíamos en eso de pasar los próximos cuatro años compartiendo habitación con un extraño ¡Los asesinos están en todas partes! Así que los demás decidieron compartir un apartamento en la misma calle que Erik y Valeria. Yo, en cambio, tenía planeado pasar dos semestres más conduciendo desde casa, transcurrieron muchas estaciones antes de que Emma regresara a casa y algo dentro de mí que no supe cómo llamar, me decía que debía estar presente para cuando el bebé naciera. Después de todo, no todos los días tu hermana mayor llega con el primero de tus sobrinos.

El 31 de diciembre sería la gran fiesta de fin de año en casa de Joshua, uno de nuestros amigos de preparatoria, todos irían para darle la bienvenida al nuevo año, ella también. Era la primera vez que me emocionaba tanto ir a una de las fiestas de Joshua y me llenaba de nervios a la vez. Aquello que los adolescentes llaman mariposas, supongo, revoloteaba dentro de mí en la más escandalosa y desastrosa de las formas posibles.

—¿Sabes a qué hora regresa Erik? —pregunté a Andrew bajando las escaleras, rumbo a la cocina. Durante los últimos cinco minutos buscaba mi celular. En algún momento lo solté al llegar a la casa de Andrew y no lo volví a ver.
—Ya vienen de camino.
—¿Sabes si Val irá a la fiesta? —pregunté con el teléfono atrapado entre la mejilla y el hombro mientras saqueaba el refrigerador con la esperanza de marcar a mi móvil para encontrarlo.
— ¿Val? ¿Se puede saber cómo es que superaste tan rápido tu aberración hacia ella?
— ¿Qué aberración? —lo escuché sonar desde la sala de estar.
—Harry.
—No sé de qué me estás hablando.
—Una semana atrás no soportabas ni escuchar su nombre.
—He madurado —respondí aliviado de que no pudiese ver la sonrisa que se apoderaba de mi rostro y de, por fin, encontrar el teléfono en el sofá.
—Harry madurando, primero se derriten los polos por completo

antes de que eso suceda.
—Muy gracioso. ¿Todos irán a la fiesta de mañana o no?
—Sip. Nos reuniremos allá.

Que ridículo e ingenuo el que una mujer sea capaz de ensanchar mi corazón y jugar con mi estado de ánimo; que estúpido de mi parte y la vez tan grato.

9:30 pm.

Con el pasar de los minutos más personas llegaban excepto mi amigo y su querida mejor amiga, cada dos minutos miraba hacia la puerta principal, pero al parecer toda Inglaterra entraba menos la chica de grandes ojos y sonrisa encantadora.
—Un trago más y terminarás ebrio antes de la media noche.
—Estoy perfecto, Adler, en serio.
Mentira. Estaba nervioso, ¿por qué? No lo sabía. Últimamente saber exactamente cómo me siento era más complicado que la teoría de la relatividad de Einstein.

Cuando pensé dejar caer todas mis ilusiones ellos llegaron, diferente a los días anteriores su cabellera estaba atada dócilmente en una coleta de caballo, el delineador era notable haciendo destacar sus ojos marrones, llevándolos a un nuevo tono: cálido y claro. Unos jeans se ceñían a sus piernas y una linda blusa con una chaqueta negra hacían juego con los Converse negros con azul que llevaba.

Era hermosa. El único detalle que borró la estúpida sonrisa de mi cara fue verla enganchada al brazo de Erik, sabía que ellos no eran nada más que amigos, estaba claro, pero el sentimiento de decepción era inevitable, ¿Por qué no podía ella llevarse tan bien conmigo como lo hacía con él? Corrijo, no era decepción sino envidia.
Intercambiaron un corto secreteo para luego ella señalar una rubia que los miraba desde la entrada de la terraza. Le soltó el brazo y medio minuto después Erik ya no estaba.

—Diez segundos, un nuevo récord. —comenté tan pronto como llegué a su lado.
—Sí…, se llevará tremenda sorpresa —agregó con efusividad y una enorme sonrisa en el rostro.
—Pensé que no vendrían.
—Pues… Erik no es que ahorre mucho tiempo a la hora de vestirse y yo menos —encogió los hombros e hizo una leve expresión de fastidio—. Creo que iré por un trago.
— ¿Tomas?
—Sí —respondió divertida—. No soy una niña, Cross.
—Lo siento es que...
—No es la fachada que aparento, ¿cierto? Suelen decírmelo muy seguido.
—No realmente.
Me aseguré de estar a su lado toda la noche, pero la chica resultó ser más escurridiza que Peter con una bolsa de galletas. En cuanto perdió a Erik de vista recurrió a pasar la noche con los chicos.
Yo seguía sin ser su favorito.

— ¿Por qué tan solo, Harry?
—No molestes, Joshua.
—Peter tiene razón, la chica nueva te trae mal —comentó con la mirada fija en donde Valeria bailaba muy alegre con su nuevo amigo. Tímida de día y sociable de noche, esta chica sin duda me confundía cada vez más.

—Nadie me trae mal, solo estoy aburrido y desesperado porque llegue el bendito año —escupí dando un trago a la pequeña botella de cerveza que llevaba en manos.

—Deberías ir y bailar con ella —agregó el castaño ignorando mi respuesta; el piercing que llevaba sobre la ceja izquierda se movía de arriba hacia abajo retándome a dejar la botella a un lado e ir por la italiana que notablemente sí me traía de cabeza.

— ¿Eso crees? —inquirí lleno de duda.

—No pretenderás dejársela toda la noche a Mickeal, ¿o sí?

¿Cómo si tanto importara? Dejarla sola por el resto de la noche podría ser lo mejor que pudiera hacer por ella; los chicos la cuidaban como si fuera otra más de sus hermanas menores y Mickeal era un buen tipo, nos conocíamos desde la secundaria, ha vivido en el mismo vecindario desde que tengo memoria. No debería enojarme si me gana una chica que desde un principio fui tan diligente en ahuyentar.

Era casi medianoche, todos corrían de un lugar a otro con velas y pirotécnicos. Peter apareció de un momento para otro sacando de mis manos la cuarta botella de cerveza que tomaba en lo que iba de noche, buscó con la mirada a Andrew quien apresuró el paso hacia nosotros y preguntó por Adler, cuando pronto lo localizó mandó un mensaje de texto a Erik quien se encargó de arrastrar a Val fuera de los brazos de Mickeal y reunirse con nosotros con dos pirotécnicos en mano, cada uno. Una de las tantas ventajas de conocer a las mismas personas desde el tiempo de las siestas diurnas y los jugos en cajita son las tradiciones que se forjan con el pasar los años, no importaba con quien o donde estuviéramos, hacer la cuenta regresiva juntos era una de esas tantas tradiciones que compartimos, sólo que esta vez su mejor amiga nos acompañaba.

Nueve....

Ocho...

Siete...Hicimos un pequeño círculo en el centro del jardín con las bengalas listas apuntando hacia el cielo

Seis...

Cinco...

Cuatro...La miré de soslayo y su enorme sonrisa me atrapó sin notarlo; puedo contar las veces que me ha sonreído de esa manera y jurar que es la primera que hace erizar el vello en mi nuca.

Dos...

Uno...El reloj dio las doce y el cielo se llenó de luces y felicitaciones.... *¡Feliz año!* Era lo único que se escuchaba, todos sonriendo, dando abrazos como si fuese cuestión de vida o muerte y brindando por una vuelta más alrededor del sol, hasta que el olor a piel quemada inundó nuestras narices: su bengala no disparó a tiempo y le estalló en la mano izquierda. Erik la apartó con rapidez. Una torcida mueca de dolor cruzó sus labios a la vez que rehusaba ver y me di cuenta el tremendo esfuerzo que estaba haciendo por no llorar. No hizo falta más para que corriéramos al hospital con una Valeria herida y cinco de nosotros pálidos.
Ciertamente Erik podrá infundir todas las vibras de chico malo que quiera, sí es cierto que fue el primero en romperse una pierna en una motocicleta, siempre buscaba la forma de que escapáramos de clases para ver algún partido, pero otra cualidad que nadie nunca podrá quitarle es la habilidad de madurar años en tan solo segundos tan pronto la situación lo amerita y vaya que tener a alguien que tanto quería ensangrentada lo llevó a actuar rápidamente. En un abrir y cerrar de ojos entramos a la sala de emergencias.

Erik solía ser el mayor de dos hermanos, Kala que era dos años menor de unos ojos grises brillantes como los de su hermano, falleció a los once..., para aquel entonces él estaba muy metido en escaparse de casa y ella en seguirnos los pasos. Una noche de abril mientras esperábamos que Erik saliera por el jardín para ir a la orilla del río porque recién entrábamos en la adolescencia y eso era lo más genial que se nos ocurría, Kala nos siguió sin importar las miradas acusatorias de su hermano y nuestras protestas; de insistir un poco más, sólo un poco, quizás ella estuviera hoy con nosotros transmitiéndole a Valeria aquella calma que solo ella era capaz de poseer. Ninguno ha podido dejar de culparse por no saltar a tiempo una vez ella cayó al río, sé que Erik aún tiene pesadillas, se le puede ver en los días que su rostro luce tan pálido como para obtener un rol en Crepúsculo. Siempre he creído que de algún modo que no logro comprender, Valeria llegó a ocupar el lugar de Kala, no por completo, pero sí lo suficiente como para mitigar su corazón. Fue aquella madrugada que lo entendí, al verlo sin aliento, consternado ante el dolor de quien ahora consideraba sangre de su sangre.

—Estoy bien...auch... —alegó Valeria una vez Pete puso el freno de manos.
— ¿Está acaso latiendo? —comentó Adler observando de cerca la herida.
— ¡Te dije que no tomaras eso, pero nunca me haces caso! —Erik en cambio la regañaba con el rostro colérico y el entrecejo preocupado.
Antes de las tres de la madrugada estábamos de regreso. Le vendaron la mano y el doctor le recomendó no usarla por un par de días. Adler había logrado salvar algunas cervezas así que para las 3:30 a.m. terminamos sentados en la acera del parque que daba al centro, cada uno sujetando una botella. Daría lo que fuese por haber estado del otro lado observando aquella escena como si fuese sacada de una película o descrita por el mismo Stephen Chbosky en la más cursi forma epistolar. Me hubiese gustado contar con más tiempo aquella noche para reunir el valor necesario de decirle que estaba

bien si recargaba su cabeza en mi hombro mientras disfrutábamos del silencio que recorría las calles.

—Bien...—Andrew rompió el manto que nos había silenciado—, debo irme. Trata de no quemar más nada, Val.
—No te prometo nada.
—Te sigo —agregó Adler revolviendo la cabellera de Valeria, dejando un sonoro beso en su frente—. Feliz año, linda.
—Mejor los llevo —Peter se puso en pie haciendo sonar las llaves de su auto— ¿Quieren un aventón? —nos preguntó, pero negamos sin pronunciar palabra alguna. Erik, Val y yo permanecimos sentados.
—Mi auto está cerca. —respondió Erik por los tres encogiéndose de hombros.
—De acuerdo. Nos vemos luego. Trata de mantenerte en una pieza, Val.
—Iré por el auto. Ya vuelvo. —anunció Erik pocos minutos después.
Cuando pude notarlo ya todos habían tomado rumbos diferentes.
— ¿Cómo está tu mano? —pregunté con la mirada clavada en el asfalto.
—Sobreviviré.
—Has tomado calmantes en el hospital, no deberías estar bebiendo alcohol—reparé en la pequeña botella de cerveza que sostenía.
—Lo dice el chico con la botella en manos.
—Lo dice el chico que casi no pierde la mano.
—Qué puedo decir, la torpeza está en mi sangre.
—No eres torpe.
—No trates de ser amable. He aprendido a vivir con ello; no mientas para caerme bien, ya somos amigos después de todo.
—Pensé que me odiabas —intenté mirarla, todo lo que logré fue mantener los ojos clavados en el concreto bajo mis pies.
—Tú me odiabas a mí —dijo despreocupada mientras examinaba su mano herida de lado.

—No te odiaba solo que...

—Ya sé, ya sé —me detuvo en seco—. Te sentías extraño, te molestó que ocupara mucho tiempo con los chicos, te sentiste intimidado... yada, yada, yada —decía mientras movía en círculos la mano sana y sonreía con dificultad aun sintiendo, seguro, las punzadas de la quemadura— solo olvídalo.

Dolía verla vendada, dolía ver esa mueca de dolor en sus labios y dolía estar a su lado sin saber qué es lo que estoy sintiendo; dolía verla toda la noche bailar con Mickeal mientras trataba de emborracharme en un rincón de la casa; dolía estar con ella pero al mismo tiempo amaba hacerlo, amaba verla todas las mañanas escribiendo vaya-a-saber-Dios-el-qué en aquella libreta, amaba pasar tiempo a su lado así solo fuera con mis amigos, amaba verle esa sonrisa torcida que bien sabía, luchaba por no ser un gemido de dolor; amaba ver lo fuerte que podía ser.

Erik estacionó frente a nosotros, con poco esfuerzo logré ponerme en pie y tenderle la mano para ayudarla a levantarse. Abrí la puerta del copiloto y la ayudé a alcanzar el asiento para luego subir en la parte trasera del auto. El recorrido fue corto, para nuestra suerte no vivíamos a grandes distancias. Cuando me detuve en la ventana del copiloto para despedirme, ella estaba durmiendo.

—Siempre se duerme cuando venimos de regreso —comentó Erik con una tierna sonrisa—. Luce muy tranquila cuando está dormida.

—Así luce siempre —dejé salir torpemente.

— ¿Qué?

—Nada, nada.

Recuerdo sus palabras antes de que Erik llegara, ella me consideraba su amigo, había dejado —quizás sin notarlo— una puerta abierta para que yo entrara y solo eso bastó para que comprendiera lo que en realidad sentía por ella; solo una noche sirvió para que mis sentimientos se despejaran y arreglaran el nudo en el que se habían metido.

Primero de enero del 2016, descubrí cuánto apreciaba a mi chica del café; permitió que fuera su amigo.

QUE EMPIECE EL JUEGO

El rastro de nieve era ya indivisible y aunque faltaba poco para primavera el frío insistía en quedarse. Las clases iniciaron y la vida universitaria oficialmente comenzó una semana atrás. Tal vez no se pregunten qué pasó con mi querida e impredecible Valeria, no importa de todos modos les contaré: nuestra relación —si es que existía algo como tal— mejoró bastante, una semana después de año nuevo consiguió que le retiraran el vendaje, no estaba del todo curada pero las vendas le estorbaban para escribir y según ella *"era más llevadero el dolor de la quemadura a no poder sujetar con firmeza su lápiz"*. Le pregunté qué es lo que tanto escribía en ese viejo cuaderno y resultó que todo este tiempo dibujaba; Valeria nunca podía recordar sus sueños de la noche anterior por mucho tiempo por lo que todas las mañanas iba por una taza de café para despejarse la mente y dibujaba lo que había soñado antes de que desapareciera para siempre de su memoria.

Entre clase y clase resultaba cada vez más difícil verla, por lo que tal como ella madrugaba para tomar algo de café y unos minutos para dibujar antes de clases, yo conducía tan temprano como era posible con la excusa de llegar a tiempo. Mientras me detenía treinta pasos antes del Café, hacía calmar mi respiración y entraba sin inmutarme de nada alrededor. Y sí, estaba al corriente que no podría seguir a ese ritmo por mucho tiempo. Era cuestión de tiempo para que deje la casa y me mude más cerca de la universidad. Los demás se moverían al centro dentro de poco, pero yo pretendía disfrutar a mi nueva sobrina un poco más. Al ser el más pequeño fui el último niño que corrió en el jardín y consiguió estancar la cabeza en las escaleras, jamás tuve un hermano menor por el cual velar, debía conformarme con celar a Emma como uno de esos cachorros de bolso; de no ser por los chicos con seguridad no hubiese alcanzado la cordura. Ahora se me daba la oportunidad sostener en mis brazos lo más cercano a una hermana menor. Emma planeaba mudarse una vez más luego del parto, era mi deber enseñarle a robar dulces de la despensa y el maravilloso mundo de los videojuegos antes que fuese demasiado tarde.

— ¿Sabes de qué parte de Italia es Val? —preguntó, un compañero de clases, Marcus, de la nada mientras esperaba que el profesor O'Conell decidiera que era imperante asistir a clases.

— Es de Italia —respondí con prisa y desgano al notar que el Sr. O'Conell había llegado con la más intimidante de las caras jamás vista en un ser humano.

—Ah, Valeria…—escuchar su nombre en boca de otro con tan condescendiente tono regresó mis sentidos y elevó la guardia.

—¿La conoces? —inquirí en un susurro procurando no llamar la atención.

—Sí, tenemos Historia del Arte I juntos. Es muy simpática.

—Y comprometida —dije sin pensarlo. Últimamente se me daba bastante bien hablar sin pensar, más cuando se trataba de Val.

—No sabía que Valeria tenía novio.

—Ya sabes… No es de las que hablan mucho sobre su vida privada.

Marcus respondió con un simple "ah..." y regresó la vista al frente donde el profesor explicaba algo respecto a los números y su importancia en la historia que poco me interesaba ¿Por qué maldición le dije que tiene novio cuando no es verdad? Fácil, soy un patético egoísta.

— ¿Con que ya está comprometida? —al salir me abordó Josh que se había sentado detrás de nosotros durante la clase.

—Solo fue una mentira piadosa. Le he hecho un favor.

— ¿A ella o a ti? Si tanto te gusta la chica por qué no simplemente haces algo y dejas de alejar a cada chico que intenta acercarse.

—No es tan fácil como suena.

—Te complicas la vida, Cross —me siguió todo el camino hasta la facultad de leyes y se sentó a mi izquierda sobre el muro que estaba detrás del campo, donde solíamos reunirnos todos a la hora del almuerzo o cualquier otra hora libre.

—Digamos —comencé retóricamente—, que no es tan difícil como dices. ¿Qué se supone que hago? ¿Voy y le digo "oye Val, me gustas, quieres ir por un café"?

—Al menos ya aceptas que te gusta.

—De todas formas, ya lo sabes —me encogí de hombros, restándole importancia.

—Nunca pensé que llegaría el día en el que Harry Cross se convirtiera en un cobarde.

—No es así. Puedo tener a Valeria cuando se me antoje.

"No comiences, Harry" advirtió una voz en mi cabeza, a la que ignoré diligentemente.

—Pruébalo entonces, no creo que ella caiga tan fácil en tus garras.

—Te apuesto que para final de año entraremos tomados de la mano a tu fiesta

"¿Qué diablos estaba haciendo? Cállate, Harry, ¡Maldición!"

—Es una apuesta entonces —anunció Josh sin darme oportunidad de retractarme—. Hoy, 8 de enero del dos mil dieciséis —confirmó la fecha en la pantalla del celular—, debo tenerlo documentado, ya sabes, por si las dudas.

—Joshua...

—No. Muero por ver como *Valeria* te mandará al diablo en menos

de treinta días. ¿Dónde estaba? Así, la "documentación" —hizo las comillas con los dedos y volvió a estar serio—. De aquí a la fecha en enero 8 del próximo año, tú —me señaló con el dedo índice—, debes entrar por la gran puerta de la universidad con Valeria D´Amico de la mano.
— ¿Es enserio?
— ¡Oye! Te estoy dando 365 días ¡Todo un año! ¿Y te quejas?
— ¿Yo qué gano? —rápidamente me convencí de que no tenía más opción que aceptar como si fuese esto una película cliché para adolescentes y yo el protagonista de esta absurda historia.
—La fabulosa oportunidad de llevar a una linda italiana a tu cama. Dicen que esas mujeres son candentes. No sé cómo lo veas tú, pero desde donde yo lo veo él único que sale ganando aquí eres tú, ricitos.
— ¿Y tú qué ganas?
—La satisfacción de decirle a todos como fuiste bateado por ella.
—Eres un desgraciado, Nolacshon, eso es lo que eres.
—Para eso estamos los amigos, haciendo de la vida una jodida travesía desde tiempos memorables. No tienes que agradecerme.

Ese miércoles no esperé a mis amigos para ir juntos a almorzar, ella vendría con ellos y pues como bien sabrán soy lo bastante cobarde como para no verla a la cara luego de la apuesta que hice. En el fondo no me arrepentía del todo, esa apuesta era el empujón que necesitaba para lanzarme sobre ella, una muy lógica razón para acercarme: había dado mi palabra, ¿no? Para un caballero inglés no había nada de más peso que los asuntos de palabra, no seré un caballero, pero sí soy inglés.
Para mi buena fortuna no tenía que dar más materias por el resto del día. Pasé toda la tarde tirado en la cama. Mamá estaba en casa de la abuela con mi padrastro y Emma hasta la próxima semana ¿Yo? fui dejado a la deriva en casa, y no es que fuese un problema..., me gustaba estar a solas especialmente cuando mis pensamientos decidían imitar el nudo gordiano. Y no, no era deprimente en lo absoluto sino costumbre, por más que disfrutase las visitas de Emma

debía entender que ella tenía una vida y sí, era fastidioso salir bajo nieve en busca de los ridículos antojos que pedía. Sin embargo, por una milésima de segundo me ilusioné con que en realidad se quedara más tiempo del que desde años atrás había estado, no me importaba llegar sin aliento todas las mañanas para ver a Valeria porque en el fondo sabía que en casa mi familia estaba una vez más reunida. Quise aferrarme a esa idea, empero, siempre estuve consciente que mi familia no es de las que mantienen sus promesas.

La pelota maciza repiqueteaba en el techo sin intenciones de parar. Maldito seas Harry, tú, tu gran bocota y ese jodido ego súper desarrollado. Trescientos sesenta y cinco días lucen bastante bien, ¿no? Un año completo para dedicarme a la misma chica, doce meses para burlar su sarcasmo y lograr acercarme más a ella... Si fuera tan fácil como suena. Debía saber cómo hacerlo, cómo conquistarla, pero, ¿Qué haría si me enamoraba? No creo que pueda caer más por ella de lo que lo he hecho, ¿o sí? Esta sería sin duda la primera vez en mis cortos veinte y cinco años que dedicaría tanto esfuerzo para una sola chica; la primera vez que necesitaría un plan para acercarme a alguien. Pero es que, es Valeria de quien hablamos, su mera existencia me desconcertaba y retaba la lógica que por años construí, no se trataba de cualquiera..., era Valeria Alessandra D'amico, la hermana menor de Erik de quien se trataba era en ella que pretendía aplicar el mayor cliché de toda la humanidad tan solo por conseguir saciar mi tonto ego. Por lo que sí, estaba decidido. Un año, Cross, tienes todo un año para hacerla caer a tus pies y dejarla pidiendo más. Todo un año para derrumbar las estúpidas teorías que vivían en la cabeza de Valeria. Ya sé lo que están pensando y sí, más enamorado no podía estar. *—me repetiría eso hasta terminar el trato, lo sabía—*.

El celular sonó entre el bolsillo delantero de mi pantalón haciéndome caer de la cama.
— ¿Hola?

— ¡Hasta que respondes, Harry!
"¿Por qué? ¿Por qué de todos los contactos en mi teléfono ella tenía que llamar?"
—La gran Valeria llamándome —contesté como si nada.
—¿Irás esta noche al bar con los chicos?
—No estarás pensando en tomar, ¿o sí, Val? —cuestioné asumiendo derechos que no me corresponden.
— ¿Vendrás o no?
—Enviaron a la consentida a procurar por mí, supongo que no puedo negarme.
—Eres un patán, Harry, el peor de todos. —Dios como amaba escucharla reír.
—Está bien, los veo allá.
Era mi fin.

Movía sus caderas de un lado a otro con Marcus guiándola. Maldito Marcus. Como ya se nos había hecho costumbre cada vez que salíamos en grupo, ella reía y se divertía en la pista mientras yo pretendía divertirme con alguna otra chica o me emborrachaba en el bar. Aunque no fue del todo así en esta ocasión. Tomé de un trago la bebida en mis manos, dejé el vaso con coraje sobre la barra y caminé hacia ellos.
—Dale oportunidad a los demás, Marcus. —detuve su baile justo a la mitad.
—Toda tuya, Harry —palmeó mi hombro izquierdo, le guiñó el ojo a mi italiana favorita y se marchó. En momentos como aquel me descubría queriendo desaparecer a todos los hombres que pudiesen acercársele de la faz de la tierra.
—Creo que has tomado demasiado, Ricitos —apoyó las manos sobre mis hombros y se apartó.
—No porque pida bailar contigo me cataloga como ebrio. Sólo una canción —rogué. No esperaba a que ella accediera. Valeria no era

del tipo de persona que actuaba acorde como los demás esperaban.

—Una. Luego te vas a casa —advirtió.

—Es todo lo que pido.

Los siguientes cinco minutos me dediqué a disfrutar de ese maldito perfume que me hacía cerrar los ojos y soñar con su fragancia. La música acabó más rápido de lo que hubiera deseado. Demasiado. Se detuvo frente a mí con las manos en la cintura y una mirada inquisidora reclamó su parte del trato.

—No sería muy sensato de tu parte dejarme conducir —alegué, buscando excusas como un niño pequeño, con las llaves del auto en las manos.

—Buscaré a Adler.

—No.

— ¿Andy? Pueden venir todos si es lo que quieres —¿les había mencionado algo sobre su sarcasmo? ¿Sí? No lo olviden entonces.

—Hazlo tú, sabes conducir. ¿Le temes a manejar o qué? —arrebató las llaves de mis manos, tiró de la manga de mi camisa y me arrastró hasta el estacionamiento.

—Entra al auto —obedecí y me dejé caer sin chistar en el asiento del copiloto. Aclaro. En definitiva, no estaba ebrio, pero eso no evitaría que actúe como tal.

—Gracias —dije una vez el motor se apagó frente a casa minutos después.

—Ni lo menciones —aferró los dedos al volante.

—Llévate el auto —ofrecí, así mañana tendría que pasar por mí.

—Puedo caminar, no estoy tan lejos.

—De ninguna manera. Son como siete calles de aquí a la estación de tren, Erik me matará si te dejo ir así. ¿Acaso quieres que acabe mi corta vida en manos de mi mejor amigo?

— ¿Puedes caminar? —evadió mi comentario y miró a la entrada de casa.

—Ya veré como me arrastró escaleras arriba.

Suspiró con desgano, sacó las llaves del auto, salió de un portazo y abrió la puerta de mi asiento tendiéndome la mano.

—La buena acción de la semana —dijo al abrir la puerta de mi lado—, aprovéchala.

Empleé las clases de teatro que nunca tomé. Todo por sentir su perfume mezclarse con mi aire. Por más que lo intentaba mi peso era mucho para ella y a duras penas me ayudaba a subir las escaleras, le ayudé a abrir la puerta y a causa del equilibrio que no reunimos entre los dos caímos en la entrada al apenas abrir la puerta. Sus ojos frente a los míos, las hebras de cabello cayendo sobre mi rostro hacían que la conciencia me doliera, pero ver sus labios y esa mirada intensa valía la correr el riesgo.

Así fue como esa noche de miércoles, un trece de enero, oficialmente comenzó el juego.

FLORES Y CHOCOLATES

Un mes pasó desde aquella noche, un mes completo que eché a la basura ¿Lo peor? En dos días sería San Valentín ¿Aún peor? ¡Valeria no celebraba San Valentín! No evitaba preguntarme en qué momento terminé atrapado en esta comedia romántica cuyo romance parecía no tener intenciones de manifestarse.
¿Les mencioné que mi querida artista llevaba una semana desaparecida? Como si la tierra la hubiese tragado, no dio señales de vida. Lo más inquietante eran las respuestas evasivas de Erik cada que alguien le preguntaba por ella.
El viernes, luego de una semana que gritaba silencios incómodos en todas las direcciones y como cada inicio de fin de semana que alcanzábamos en una sola pieza, teníamos partido de fútbol, no les quedaba más opción que dar la cara. Tomé las zapatillas, el balón y salí escaleras abajo luego de durar más de media hora buscando las llaves del auto. Con un poco de la suerte que tenía esperaba saber dónde diablos había estado metida Valeria las últimas dos semanas.

Con seguridad han escuchado lo impredecible que resulta el clima londinense por lo que resulta completamente normal salir de casa bajo el más bello de los días y llegar a la cancha con miedo de que el auto termine inundado.

— ¿Cómo están señoritas? —lancé el balón hacia Peter procurando no resbalar en el césped mojado.

—Por fin te dignas en llegar.

—Lo siento —dije encogiéndome de hombros—, no creí que morirías de ganas por jugar en estas condiciones. ¿Dónde está Erik?

—De camino —intervino Andrew acercándose a la mitad del campo.

—Debe estar con Valeria —comentó Peter quitándole balón a Adler para practicar algunos trucos con la cabeza.

— ¿Ya le encontró? —pregunté.

— ¿Quién dijo que estaba perdida? —volteé a ver a Andrew desconcertado. La brisa aumentaba obligándonos a escondernos bajo nuestros abrigos.

—Pues..., hace unos días que no la veo y Erik no ha estado muy feliz que digamos.

—Es que —decía Peter entre jadeos—, han tenido... diferencia de ideas.

— ¿Qué sucede? —pregunté a Adler y Andrew, no esperaba obtener alguna respuesta coherente por parte de Peter mientras tuviese sus manos en el balón.

—¡Pasa! —gritó Erik llegando a nuestras espaldas—. La desubicada de Valeria ha comenzado a tener sus alocadas ideas. Le divierte alborotar a los demás de un lado al otro del globo. Mejor vamos a jugar de una buena vez.

—¿Con este clima? —reprochó Adler

—Peter lo está haciendo bien.

—¡Claro! Despreocúpense del enano —se quejó aminorando, a su manera, no el clima que tomó el control del día, pero si el humor de todos.

Un día para San Valentín y por primera vez desde que puedo recordar no tenía cita, todo por Valeria y su increíble e innata habilidad para desequilibrar mi estado mental. Sin embargo, tenía un plan, definitivamente tenía un plan: ella, yo, flores y una larga noche, no podría decir que no a eso porque.... ¿No puede, cierto? Días como estos es imposible caminar sin toparte con algo rojo, corazones, chocolates... ***"el amor está en el aire"***. Funcionará, claro que sí.

Según lo poco que Erik me contó, Valeria quería abandonar Lenguas Modernas e intentarlo con artes, olvidar la universidad e irse a vivir no-sé-a-dónde y pintar por el resto de su vida ¿El problema? su familia en Italia no pensaba igual que ella. Erik trataba de retrasar su plan un poco más convenciéndola de intentar con el equivalente más cercano: diseño gráfico, pero *"la terca no entraba en razón"* según palabras suyas; nunca antes lo había visto tan irritado por algo, sabía bien que consideraba a Valeria como una hermana menor pero, desde donde lo observaba, se preocupaba en demasía, recuerdo haberlo comentado en la mañana de camino a clases y solo respondió que hace lo que debe hacer, la conocía desde ya mucho y sabía a la perfección que si no adoptaba el plan de hermano mayor y la presionaba de cuando en vez, a su mejor amiga le daría lo mismo tomar un vuelo de regreso y pasar el resto de su vida pintando turistas en las afueras de los museos.
A mediodía Valeria apareció frente a mí con un nuevo tatuaje haciendo debut en su antebrazo y la más brillante de las sonrisas.

— ¿Ya decidieron qué vamos a almorzar? —aterrizó con los ánimos por el cielo aferrando los brazos al torso de Erik.
—Comenzaba a extrañarte —dijo Peter depositando un sonoro beso en la mejilla de la pequeña.
—Me doy a echar de menos, lo sé —cambió el torso de Godaff por el de Peter. Él besó la punta de su cabeza y la estrechó con fuerza entre sus brazos. Todos la querían como una pequeña hermana ¿por qué no podía yo quererla de la misma forma?

Una hora es lo único que nos brindan los jueves para almorzar, una hora para decir tonterías y atragantarnos en el primer puesto de comida a la vista o así era un año atrás, el primer día de clases ni las dos horas extendidas de los martes daban para encontrar un restaurante donde sirvieran comida vegetariana que Valeria sintiera la confianza de comer, nosotros no teníamos la más mínima idea y ella aún no conocía muy bien el lugar, fue luego de que Adler y Andrew sufrieran lo que ellos llamaban *"desesperación traumática post-almuerzo"* e indagaran desesperados en uno de los restaurantes tres cuadras lejos del campus, resultó que en todos servían comida vegetariana ¡tienen todo un menú! Por supuesto que lo tenían, Valeria no era la única vegetariana en la ciudad, pero si la única lo ridículamente exigente como llevarnos de un lado a otro revisando cada menú habido y por haber.

— ¡Me encanta! —exclamó Andrew admirando el tatuaje que hacía debut en ella mientras esperábamos nuestras órdenes, iba justo más arriba del codo dibujado el símbolo de infinito y la frase *"we are infinite"* que obtuvo dos noches atrás luego de hacer las paces con Erik que bien hace de hermano sobreprotector, pero es el primero en tomar las llaves del auto para llevar a su "pequeña hermanita" a un antro hacerse su primer tatuaje. Irónico. No es que pudiese protestar en contra pues, aunque me disgustara ver tu tersa piel marcada con alguna absurda frase de moda, no hay uno solo de nosotros que no tenga algún tatuaje oculto, además, lucía sexy en ella, pero a la vez no...de alguna forma sentía que al dejar la tinta en su piel manchaba el santuario que era, eso o los celos de que la frase haga tributo a alguien más y no a mí.

14 de febrero, día de San Valentín. 9:00 a.m.

Ubiqué las llaves del auto, miré mi aspecto por quinta vez seguida y me aseguré de tener la caja de bombones y las rosas azules, sus favoritas. El día anterior recorrí las calles por más de cuatro horas buscando rosas azules, solo por ella, conseguí su marca favorita de chocolates gracias a Emma y un hermoso lugar no muy lejos ni muy cerca de las afueras de la ciudad con una mesa para dos reservada en el mejor restaurante de todo Londres. Sería perfecto..., debía serlo. Pasaría todo el día junto a ella, le daría una rosa y en la noche al recogerla le entregaría el ramo completo. Pero claro, no contaba con verla besando a vaya-a-saber-Dios-quien justamente en los muros que dan a los escalones de la puerta central de la universidad. Quise dar media vuelta y regresar por donde llegué, quise ir a casa y quemar las malditas rosas exageradamente difíciles de conseguir, así como también quise seguir adelante y romperle la cara al desgraciado.

— ¿Tan temprano comienzas a celebrar San Valentín, Valeria? —los interrumpí con la mejor de mis sonrisas.
— ¡Harry! —pasó su atención de los labios de su nuevo amigo hacia mi—. Este año Valentín se adelantó.
—Trata de que no te deje sin rostro antes de mediodía. El chico a su lado le susurró algo cerca del oído que no pude escuchar, dio un corto beso en sus mejillas seguido de forzado saludo hacia mí y nos abandonó en medio de la algarabía de la mañana.
—Él es Dylan...
—¿Dylan es...?
—Mi novio.

"No, no, no, no, no, no. ¡Maldición Valeria no!" gritó mi mente mientras mis labios fingían sonreír y la mano tras mi espalda estrujaba la maldita rosa que me empeñé en buscar solo para ella.

14 febrero... Un día de san Valentín que jamás olvidaré.

JUGANDO CON FUEGO

Tenía novio...Valeria tenía novio, vaya suerte la mía. Aquel San Valentín lo pasé con vaya-a-saber-Dios-quien, en un hotel, no porque Val arruinara mi día arruinaría mi noche... ¿A quién engaño? La única maldita razón por la que acepté irme con la chica de la cual no recuerdo ni el rostro fue por los tragos demás en mi cabeza y porque a donde quiera que mirase la veía a ella. Quise culpar al alcohol que festejaba en mi sangre por tan absurdas alucinaciones, me aterraba aceptar que había calado en mí con tanta intensidad.

Dos semanas pasaron después de la noche de rosas azules y chocolates. Ella iba y venía dándose a extrañar durante días completos y sacando sonrisas con su llegada, creando misterio a su alrededor con citas de la nada que la ausentaba de almorzar con los chicos o asistir a los partidos poco profesionales que de cuando en vez armábamos entre semana.

— ¿Qué tal te llevas con el novio de Valeria? —pregunté en voz baja a Erik mientras el profesor escribía la tarea de matemáticas en el pizarrón.
— ¿Cuál novio? —preguntó sin mirarme, muy concentrado en el boceto de su próximo tatuaje.

—El novio que me presentó hace dos semanas
—Valeria no tiene ningún novio, Harold.
—Pero...
— ¿Cross, Godaff? —giró el profesor en nuestra dirección— ¿Les aburre mi clase?
—Para nada señor Gillygan. —ambos respondimos y no tuve más remedio que esperar hasta la última hora para poder interrogar a Erik, no podía bombardearlo con preguntas en el almuerzo por miedo a que ella estuviese allí, pero no. Aquella tarde también se ausentó.
—Pescó un resfriado ayer —la excusó Erik acomodándose en la silla junto a mí.
—Es diferente cuando no está —se lamentó Andrew. mientras esperábamos que trajeran la cuenta.
—Sobrevivimos a la secundaria sin ella, ¿no? Por un día que falte no moriremos —espeté sin pensarlo. Estaba enojado con ella por mentirme y enojado conmigo por estar enojado. Valeria es sólo un juego, un juego que decidí ganar después de lo que me hizo dos semanas atrás, no quedaba lugar al enojo porque luego de darme esperanzas de amistad y camaradería se aísle de la noche a la mañana, no debe dolerme ver su asiento vacío ni echar de menos la rara comida vegetariana que solo ella es capaz de comer. Pero lo estaba..., me enojaba como un demonio el control que ejercía sobre mis emociones sin consentimiento alguno.

Salí del local jugando con las llaves e impaciencia mientras esperaba que Andrew se dignara a salir, su carro se averió tres días atrás y desde entonces yo en convertí en su chofer personal hasta que lo regresaran del taller. No era el top ten en mis actividades predilectas, pero servía de consuelo para mis pensamientos que, en poco tiempo, sin razones suficientes, se empecinaba en pensar en una sola persona.

—Y... ¿Qué tal va tu apuesta? —soltó Andrew de la nada

abrochándose el cinturón. Mi corazón se detuvo por milésimas de segundos y no hice nada más que aferrar las manos abruptamente al volante. Culpa. ¿Recuerdan el rol de cada persona en un grupo de amigos que les había mencionado? Andrew, aunque no fuera el mayor, era el más maduro, el más centrado, siempre se enteraba de las cosas y rendirle cuentas era como estar frente a un tribunal acusado de cometer un asesinato.

—N-no se dé qu-que... ha-hablas —las palabras se atropellaban en mi boca y estaba completamente seguro del tono rojo gracioso en mi rostro.
—Y te has puesto nervioso porque sí.
— ¿Cómo lo supiste?
—Josh me contó.
—Lo mataré.
—Erik te matará cuando se entere, todos te mataremos si llegas hacer algo. Una chica Harry, ¿no puedes ser simplemente amigo de una chica? Sabes que te quiero mucho hermano, pero lo único que lograrás con esto es arruinar las cosas.
—No sabía lo que hacía cuando acepté, Marcus andaba babeando por todas partes, sentí celos. Josh se dio cuenta y antes de darme cuenta ya estaba metido en todo esto. De cierto modo, le estoy haciendo un favor.
— ¿Y por qué no lo terminas?
—Porque ahora si quiero seguir —pisé el acelerador a fondo, nunca sentía tantas ganas de llegar algún sitio como aquella tarde—. ¿A dónde quieres que te lleve?
—A casa de Erik, cuidaré a Val.
— ¡¿Ves?! ¡Por eso es por lo que nunca me ha caído bien! Desde que llegó es como si todo girara en torno a Valeria Alessandra D´Amico —apagué el motor frente al edificio donde vivía Erik en cuestión de minutos.
—No te cae bien porque consiguió girar alrededor de TU vida —declaró antes de salir del auto. Mis pensamientos daban su mejor

intento en ubicar el sendero correcto, pero, la cólera que ejercía control sobre mis emociones no lo permitía. — ¡Es insoportable! —grité, pero Andrew no hizo caso. Un montón de cosas más salieron de mi boca, era como un niño pequeño en medio de la más estúpida rabieta, pero Andrew no se inmutaba.

— ¡¿Cómo es que no lo ven?! —corrí tras de él como si estuviese apuntando hacia lo más obvio del mundo—. Es irritante, complicada, orgullosa, arrogante, malcriada...

—Y estás enamorado de ella —dijo frente a la puerta.

—Yo...

—Lo sabía —abrió la puerta con una copia de la llave que Erik le había dejado—. Se te nota desde que ella llegó.

¿Tan obvio era? No supe qué responder, no encontré con que defenderme. Andrew estaba en lo cierto. Estaba enamorado de Valeria y también estaba enojado por eso, me enojaba estar enamorado de ella pues solo significaba que tenía poder sobre mí y no estaba dispuesto a aceptar afirmación tan ridícula como esa. Introduje las manos en mis bolsillos y caminé por el pasillo hasta llegar a su habitación, sus mejillas estaban rosadas por la fiebre, su cabello un desastre, la punta de la nariz roja y los labios agrietados. Dolía verla en aquel estado. Me quedé de pie en un rincón intentando no pensar en ella y buscando en cambio una respuesta inteligente que contrarrestara cualquier declaración de Andrew; observar cómo cambiaba la toalla de su frente, verla así tan vulnerable..., el escenario no me ayudaba a pensar con claridad. Tomé asiento frente al sillón y en un intento de no volver a la habitación y verla así preferí hacer zapping en el televisor.

—Eliza me envió un mensaje —dijo Andrew saliendo del cuarto de Valeria—. ¿Crees poder quedarte un rato con ella? No quiero dejarla sola.

—¿Eliza? ¿Eliza de Economía?

—Uh-uhu —arrebató las llaves del auto de mis manos.

—¡Oye!

—Regresaré. No te marches.

—No es que me dejes otra opción..., descuida, yo me encargo.

— ¿Harry? —se detuvo en la salida—. Piensa bien en lo que te dije.

—No creo que quiera hacerlo.

—Yo creo que sí. Recuerda cambiar los paños cada media hora para que no suba la fiebre.

Intenté no entrar a aquella habitación, intenté no cambiar los paños de su frente sin sentir nada, intenté ignorarla, pero todo era en vano y al cabo de dos horas y cuatro cambios de paños para la fiebre no pude evitar terminar sentado a un lado de la cama.

— ¿Qué haces...aquí? —preguntó cómo pudo. Me pregunté si era normal para alguien con gripe estar en semejante estado o si era asunto de mi imparable imaginación que se empeñaba en verla como una damisela en apuros.

— ¿Cómo te sientes? —retiré con cuidado las hebras de cabello que descendían por su frente mientras colocaba otro paño húmedo.

—Con ganas de morir —cerró los ojos.

—Espero que solo sea una broma.

—No creo que te afecte tanto mi muerte —sus labios intentaron curvarse en una sonrisa y sus párpados seguían cerrados.

—Es mejor que te lleve a emergencias.

—No, estoy bien lo prometo.

—Estás hirviendo —mis dedos torpemente largos temblaban. Ella no daba señales de mejorar y mi corazón no paraba de ir a más de diez kilómetros por hora creyéndose algún atleta corriendo el más importante maratón.

—Estaré bien, confía en mí.

—No creo que pueda hacerlo.

— ¿Por qué? —su voz era pausada. Lucía tan vulnerable.

— ¿Por qué mentiste sobre tu supuesto novio?

—Estoy-estoy debatiéndome entre la vida y la muerte y decides preguntar por mi vida privada.

—Acabas de decir que estás bien. ¿Por qué me mentiste?

—No lo hice. Ese día éramos novios, dos días después dejamos de serlo. Además, ¿por qué te interesa? —abrió los ojos y los clavó sobre mí, en aquel momento fue como si mi lengua estuviera atada y hubiera perdido la habilidad para hablar—. ¿Por qué te molesta, rizos?

Preferí callar, recordar cómo hablar solo significaba decirle la verdad. Decirle como busqué por todo Londres sus flores favoritas, sus chocolates preferidos; decirle que ocupaba mis pensamientos, que era la responsable de que mis latidos intentaran matarme y el centro de mis preocupaciones no estaba entre la mejor de las opciones; ahora que lo veo en retrospectiva, a fin de cuentas, ella nunca pidió nada de lo que hice, así que no crean que no estaba al tanto, pero es que ella era tan linda..., no lo pude evitar, no quise hacerlo. La besé y ya, la besé porque así lo deseaba porque así me lo pedía el corazón.

Comprendí por qué lo llamaban amor.

—Me gustas... —confesé de una vez.

—Harry...

—Sé que no es lo que he demostrado, pero en serio me gustas mucho —como un idiota quise creer que confesar arrastraría lejos la opresión que me ha dominado desde su llegada. Que sería como en esas películas románticas que Mamá y Emma suelen ver los sábados en la noche y obtendría un prematuro final feliz.

—¿Y hasta ahora esperas para decirlo?

—Porque no te merezco —dejé que la culpa hablara por mí—, no soy el más atento y de seguro puedes encontrar alguien mucho mejor que yo, hay muchos mejores que yo, pero de que me gustas no puedes tener dudas. Creo que me has gustado desde que llegaste, es solo que he estado muy enojado conmigo mismo por saber que es verdad.

—Eres un patán.

—Lo merezco —respondí con sarcasmo. No podía enojarme más con ella pues tenía más razón de lo que quizás pensaba. Sabía que estaba mal, sabía que debía retractarme de alguna manera y olvidar todo lo que dije, sabía que estar con ella le causaría más dolor del que puedo causarle, pero era tan egoísta que nada de eso me interesaba. Estaba más ocupado siendo hostigado por mi conciencia y mis labios sobre los de ella.

28 de febrero, quedé atrapado en mi propio juego.

IMPOSTORA VS. MENTIROSO

Aún recuerdo su respiración chocar con la mía y sus labios... oh, sus labios tal como los había imaginado, no, mejor. También recuerdo cómo me echó en cuanto sintió a Erik entrar; no dijo si yo también le gustaba, no sonrió cuando nos separamos, sólo no hizo nada. Mi mente se dividía entre seguir jugando o retirarme de la partida, al final del día todo terminaba en Valeria y no sabía qué hacer. He intentado hablar con ella, sobre la otra noche, necesitaba saber si sentía lo mismo o simplemente pasaba nada y había estado leyendo señales inexistentes tal cual adolescente en plena explosión de hormonas, pero desde entonces me ha estado evitando, es como si yo padeciera alguna clase de lepra mutante y ella fuera un peregrino huyendo con temor a contagiarse con una sola mirada.

Los únicos momentos que estábamos juntos era cuando salíamos con los demás y obviamente no podía preguntarle sobre el beso que me dio el permiso de robarle sin objeción frente a los chicos, frente a Erik, o bueno si podía, pero no estaba dispuesto hacerlo frente a ninguno de ellos. La vi a la hora del almuerzo, pero pasó la hora y media que teníamos fuera del restaurante pegada al teléfono mientras yo trataba de aprender a leer los labios desde nuestra mesa.

— ¿Algo anda mal, Erik? —preguntó Adler apuntando hacia Val.

—No lo sé, ha estado así desde ayer. Intenté preguntarle está mañana pero no quiso tocar el tema.

—Debe ser algo malo como para quitarle el apetito —agregó Peter tomando un trozo de pizza con pepperoni. Automáticamente Andrew clavó de soslayo su tan aprensiva mirada de ***"¿qué has hecho esta vez?"*** y una punzada del tamaño del puño del increíble Hulk atravesó mi pecho. Los minutos pasaban, la pizza se agotaba y la extraña ensalada que ordenó antes de salir corriendo comenzaba a marchitarse.

—Deberíamos pedirle que venga a comer —sugirió Andrew.

—No. Luego hablaré con ella —fue lo último que Erik se limitó a decir. Y mientras Val iba de un lado a otro con el teléfono en la mano derecha y el dedo índice de la izquierda reposando bajo su nariz, la curiosidad y preocupación ascendía en nuestra mesa.

De pronto ella entró con la cabeza agachada, susurró algo al Erik cuya mirada hizo un recorrido por la preocupación, haciendo una parada en el asombro y deteniéndose en la triste. Se levantó chocando con la mesa al salir, tomó su chaqueta de cuero, murmuró algo sobre llamarnos luego y abandonó el restaurante sujetando la mano de Valeria dejándonos más confundidos que nunca.

No supimos nada de Erik hasta el día siguiente que llegó a la universidad sin su acostumbrada compañera enganchada del brazo, limitándose a sacudir la mano en el más penoso intento de saludo jamás antes inventado, hablando sobre un viaje de último minuto y de cómo tendría que inventar dos buenas excusas para los próximos días de clase que tanto él como Valeria iban a perder. No valió de nada seguirlo por todo el campus, él simplemente dijo que no podía contarnos, no ahora, que *"eran cosas de él y Val"* y en cuanto pudiera nos llamaría para ponernos al tanto. Recuerdo haber presenciado esa expresión de vacío de sus ojos junto con un cansancio que sobrepasaba lo físico, daba la impresión de ver al Erik de unos cuantos años atrás llevando al límite sus fuerzas, haciendo su mejor intento para no derrumbarse en el funeral de su hermana pues sus padres ya estaban desolados y alguien debía mantener las fuerzas, el mismo que durante meses iba de un lado a otro: un adolescente lastimado pretendiendo ser el adulto a cargo. Veía al Erik que sin necesidad de palabra alguna nos decía lo mal que estaban las cosas.

Esa noche los cuatro fuimos a su apartamento solo para toparnos con un par de maletas en la puerta, Valeria con un pañuelo en las manos dando vueltas por la casa discutiendo vaya a saber Dios con quien por el teléfono en un idioma que no entendí, muy parecido al español adornado con un distinguido acento italiano, tal como el otro día en la pizzería.

—No tenían que molestarse, chicos —dijo Erik tan pronto entramos un tanto apagado, un tanto triste y otro tanto agradecido de que estuviéramos ahí.

—No solo somos amigos para lanzarte a la pileta —comenté mientras seguía a Valeria ir de la cocina a la habitación y de su habitación a la de Erik con la mirada.

— ¿Erik, haz visto mi pasaporte? —preguntó irrumpiendo en la sala con el teléfono colgado al hombro— Hola chicos —dijo y volvió de nuevo a Erik.

—Está en mi habitación, tercer cajón a la derecha —le indicó por encima del hombro—. Si no estoy pendiente lo pierde todo —nos explicó volviendo a terminar con su maleta.

— ¿A dónde van? —fue Adler quien preguntó lo que todos deseábamos saber.

—Italia, ha ocurrido algo y debemos estar allá.

— ¿Y por qué no se va sola? —dije, más fuerte de lo que pretendía que sonara.

—No la puedo dejar sola, Harold.

—Pero si no es nada grave...

—No puedo dejarla sola, Harry, así como no puedo dejarlos a ustedes tampoco puedo dejarla a ella. ¡¿YA ESTÁS LISTA?! —gritó hacia el pasillo que daba a sus habitaciones.

Comprendí lo que era el egoísmo que insistía en que mi corazón estaba tan dolido como enamorado.

—Sí —respondió ella parándose frente a los cinco—, hablé con Mel, todo está listo. La elección de sus palabras fueron la clave para hacer que Erik agarrara las llaves saliendo a toda velocidad directo al estacionamiento con nosotros pisándole los talones. Los ojos de Valeria estaban rojos y llorosos y yo aún sin saber por qué, llevaba el cabello más alborotado de lo usual y una almohada bajo el brazo —ella siempre viajaba con su almohada favorita según me contó una vez en una tarde peculiar en la que fuimos los primeros en llegar al London Eye, mientras esperábamos por los demás.

—Val —tiré de su mano antes de que entrara al auto.

— ¿Ahora qué quieres?

— ¿Cuándo hablaremos?

—Si no te has dado cuenta hablar contigo es lo menos importante en este momento..., lo siento.

—Llámanos cuando lleguen —pidió Peter.

Esa noche no pude dormir. Mientras mamá corría por los pasillos por la llegada de su primera nieta, Emma exprimía mi mano y Valeria le hacía lo mismo a mi corazón desde Italia.

—Hablé con Erik está mañana —dijo Adler llegando al lugar donde siempre nos juntábamos detrás del campus.

— ¿Y qué dijo? —pidió saber Peter.

—No saben cuándo volverán...

— ¿Ya te dijo que ocurrió? —preguntó Andrew obteniendo un silencioso no por parte del rubio.

—Tan pronto como pueda llamará. Es todo lo que dijo.

Y llamó, cuatro horas después. Nos reunimos en el apartamento que los chicos compartían cerca de la universidad, el celular en el centro del desayunador y nosotros rodeándolo, angustiados, escuchando por fin lo ocurrido. El abuelo de Valeria había muerto, creció con él y simplemente no estaba lista para dejarlo partir, a todos les tomó por sorpresa de hecho. No bastó decir nada más, diez horas después aterrizamos en Florencia. La familia D´Amico no quería despedirlo sin ella y nosotros no estábamos dispuesto a dejarla a ella y a Erik solos en aquel momento en particular. Peter hace mucho había viajado a casa de los padres de la castaña hace mucho tiempo cuando Erik aún vivía de aquel lado del continente, para nuestra suerte recordaba el camino a la perfección.

Cuando llegamos ellos ya habían partido al cementerio y para nuestra buena fortuna conseguimos ir con el último grupo que iba de salida. Una vez allí me tomó menos de cinco minutos ver la peor imagen que jamás he visto hasta ahora: mi mejor amigo consolando a la chica que me trae loco y besándola en los labios... Les juro que era posible ver la sangre hirviendo por todo mi rostro. Mis manos cerradas en dos puños y los dientes rechinando a más no poder. Y todo eso solo lo puedo resumir a una sola oración: me sentí traicionado. Andrew palmeó mi hombro izquierdo y el resto los veían sorprendidos, todos excepto Peter que por alguna razón fue hasta a ellos como si nada pasara. Ella no se inmuto, ni se avergonzó la muy desgraciada. No comprendí la naturalidad de Peter que abrazaba a Erik y estrechaba a Valeria como quien intenta pegar una taza rota.

Peter dijo algo a la nueva pareja totalmente desconocida para mí, señaló en nuestra dirección y como si le quedara pequeño el descaro sonrío hacia nosotros. Una sonrisa torcida y desanimada pero aun así una sonrisa ¿En qué momento todo cambió tan rápido y mi mejor amigo dejó de confiarme cosas que normalmente hacía, como que salía con su mejor amiga por ejemplo? Val se refugiaba en los brazos de Erik, los tres se acercaban más a nosotros y mis pies parecían estar clavados a la tierra, mi lengua estaba congelada, las palabras se atropellaban tratando de salir, con ganas de explotar y decirles todo lo que pensaba. De acuerdo, comprendo que solo Andrew conocía el hecho de que estoy completamente de cabeza por ella, pero..., pero me preguntaba si durante este tiempo he sido yo con quien han jugado. Fui el imbécil que le confesó a la novia de su hermano lo mucho que le gusta. Vaya metida de pata.

—No tenían por qué molestarse chicos —dijo Erik al llegar donde nos encontrábamos. Yo aún intentaba unir las piezas.

— ¿Qué clase de amigos seríamos si no? —respondió Peter. ¿Cómo es que estaba tan poco sorprendido? ¿Por qué nunca dijo nada?

—Gracias por venir —dijo ella por fin, su voz sonó un poco rara. Solo Dios sabe cuánto luché por sostener todo lo que tenía por decir en ese momento. Pero, a pesar de sentirme traicionado la verdad era que estaba malditamente celoso. Quería ser yo quien la consolara, quería ser yo quien hubiera viajado con ella, quería ser yo a quien ella recurriera ante cualquier problema, quería ser ese que la tuviera en brazos...quería ser el que besaba hace unos minutos—. Valeria de seguro se sentirá mucho mejor de verlos aquí —agregó y mi mente quedó en shock ¿Qué?

— ¿Valeria? —alabado seas Adler por hacer las preguntas que se atragantaban en mi garganta—. Pero ya estás aquí, tu...

— ¿Desde cuándo hablas en tercera persona? —cuestionó Andrew.

— ¿No les dijiste, Peter? —Erik miró a Peter un poco preocupado y un tanto entretenido.

—Oops —fue lo único que Peter alcanzó a decir encogiéndose de hombros.

— ¿Decirnos qué? —insistió Adler.

—Soy Mel —extendió la mano hacia el rubio a mi derecha—, la hermana de Valeria...

— ¿Ge...gemelas? —dije al fin.

Estoy más que seguro que la expresión en mi rostro es la misma que deben tener ustedes. Valeria tenía una gemela, estoy más que seguro que se han de sentir mal por juzgarla casi tanto como yo lo hice...me sentí tan basura.

— ¿Es una broma? —pregunté aún sin procesarlo por completo—. ¿Por qué nadie dijo nada?

—Para evitar estos tipos de momentos —comentó ella típico como lo haría Val...mí Val—. Estamos en pleno siglo veintiuno y las personas tienden a ver a las gemelas como fenómenos de circo. ¡Es extenuante!

Erik sonrió complacido con la copia de mi querida y bipolar Valeria, y la besó en la mejilla.

—Y bastante extraño cuando sales con la gemela de tu mejor amiga —dijo él seguido de otro sonoro beso en la mejilla de "Mel" —Vali necesitó terapia cuando supo de nosotros.

— ¿Dónde está ella? —pregunté ahora sin titubear.

—En el estacionamiento —indicó Erik—, no se sentía bien...

Me disculpé con todos, di media vuelta y caminé en dirección al estacionamiento. La busqué por todos lados hasta que la vi a lo lejos sentada sobre el capo de un auto negro.

—Hola... —enterré las manos en los bolsillos delanteros de mi pantalón. Todo en mi interior se hizo añicos al ver su rostro.

— ¿Harry? ¿Qué haces aquí? —choqué las puntas de mis zapatos negros una con otra y me senté a su lado.

—Supe que una de mis amigas más fastidiosas estaba pasando un mal momento. No soy tan patán como ella creer como para no venir.

— ¿Vinieron los demás? —preguntó y yo asentí.

— ¿Desde cuándo fumas? —cuestioné sin poder evitar por más tiempo el cigarro entre sus dedos.

—Desde hace un par de horas.

—No deberías hacerlo, te hace daño.

—No deberías decirme que hacer.

Esta era una versión de Valeria que jamás había visto ni pensé que podía existir. Sus ojos marcados por no dormir, llorosos y apagados. El rostro pálido casi tan muerta como los esqueletos bajo las tumbas del cementerio.

—Val...

—Ya sé, lo sientes mucho no lo conociste, pero aseguras que debió de ser una buena persona; tu más sentido pésame, todo pasará pronto... —movió ligeramente el cigarro en círculos y luego lo dejó caer entre sus dedos—. Hazme un favor y no me mientas tú también...por favor —escuché su voz temblar y supe el esfuerzo inmenso que hacía por no llorar.

—No diré nada de eso.

— ¿Qué dirás entonces? —dio una fumada, dejó salir el humo de sus labios y me miró con sarcasmo y cansancio.

— ¿Por qué no nos dijiste nada?

—No quería molestarlos con mis problemas...

—Muy mal por ti, D´Amico. Los amigos no solo estamos para salir a tomar los viernes por la noche, no sé cómo funcione en este lado del mundo, pero de donde yo vengo mis amigos lo son todo, reímos juntos, maldecimos juntos, lloramos juntos y hasta nos ponemos en ridículo juntos..., no tienes que pasar por esto sola.

—¡No quiero pasar por esto!

—Deja ese maldito cigarrillo por favor —le pedí antes de que lo fumara una vez más.

—Lo siento...no puedo hacerlo.

— ¿Por qué?

—Papá... —dijo y la voz amenazó con quebrarse por completo. No se lo permitió—...él siempre decía que las luciérnagas son el espíritu de los seres queridos que perdemos, así como los ángeles, pero más pequeños y cercanos...después que mi primer perro murió, luego de llorar como la estúpida niña que era, comencé a coleccionarlas. Ya sabes, para "sentir" a galletas cerca de mí.

— ¿Tenías un perro llamado galletas?

—Solo tenía cinco años y amaba las galletas...ahora no sé en qué creer —sus hombros descendieron como si llevase el peso más grande del universo.

—No tengo la respuesta a eso, pero estoy dispuesto a ayudarte a encontrarla...

—No..., resulta que crecí y descubrí que ninguna luciérnaga puede resistir estar tres metros bajo tierra.

— ¿Has llorado?

—Llorar no me lo devolverá... —dijo con frialdad—, y no vengas con el cuento de que "todos necesitamos llorar" y esas cosas.

—Hace rato conocí a tu hermana...fue muy raro verte ahí besando a Erik.

—Tienen casi tres años saliendo y yo llevo el mismo tiempo viendo a un psicólogo —una mueca torcida que pretendía ser una sonrisa se asomó a sus labios—. Es mejor que esté con ella a que esté con alguien más. Quiero muchísimo a Erik y sé de más que Mel no le hará daño...

— ¿Y qué hay de ti? ¿Ningún novio italiano que deba conocer o alguna otra hermana condenadamente igual a ti?

—Descuida, eso fue todo.

No lo pensé —no pensaba junto a ella para ser honestos—, tiré el cigarrillo de sus dedos y la tomé en brazos con miedo a que me dejara. Ella no respondió hasta que unos segundos después acomodó su cuerpo con el mío, ocultó el rostro en mi camisa aferrando las manos a mi chaqueta y así se quedó por unos minutos más...sin decir nada...rompiendo en llanto y a su vez el silencio que nos rodeaba. Lloró como si hacía más de veinte años que no lo hacía, lloraba profundo y con dolor y tal como lloró sentí como el corazón se me partió en dos. La abracé con más fuerza.

Ella era una asustada ave y mis brazos el nido donde podía descansar. Quería de alguna manera decirle que todo estaba bien, que todo estaría bien...quería curar su dolor, quería quitar todo lo que le hiciera daño fuera de este mundo, quería cuidarla por el resto de mis días... Ese ocho de marzo supe con cada fibra de mi cuerpo que la amaba...

Sólo entonces entendí cómo se sentía el amor.

ROTA

— ¿Estás bien? —le pregunté por quinta vez seguida.

—Sí Harry, estoy bien ya deja de preocuparte —golpeó mi hombro con suavidad y se dejó caer al lado de Erik... El camino de regreso a casa perfilaba ser uno bastante largo. La Valeria que llevaba conmigo a Londres no era la misma que había llegado la temporada pasada. Con el pasar de las semanas las cajetillas de cigarrillo aumentaban, los dibujos se volvían más borrosos y sus sonrisas eran cada vez más pequeñas; no era Val..., no era mi Val. Por raro que parezca su nueva actitud no afectó en nada sus calificaciones, pero si su vida social, los viernes de juerga pasaron a ser viernes de "enciérrate en casa" y estar a su lado te mataba sin disparo. Todos esperábamos que al dejarla sola ocurriera lo peor.

La tercera noche, cuatro semanas después de haber regresado, la pasé en el sofá de Erik y la zombie alguna vez conocida como Valeria, había olvidado mis llaves en casa, los tragos se excedieron hasta más de las tres de la mañana y con una abuela en entrenamiento y una madre primeriza cambiando pañales regresar tan tarde a casa no estaba a discusión. Alrededor de las cuatro de la mañana sentí pasos, desperté y la puerta que daba a la terraza estaba abierta, tomé el bate que Erik siempre dejaba al lado de la puerta donde descansan los paraguas, pero cuando salí era Valeria quien estaba echada en el suelo con la barbilla sobre las rodillas abrazando sus piernas y cubierta con una frazada. Pequeños sollozos rompían el murmullo de la madrugada, tan bajos para no despertar a nadie y tan alto como para escucharlos a corta distancia. No me atreví a decir nada pues no eran palabras lo que ella necesitaba ¿Quién demonios necesita palabras en momentos así? podría decir algo lindo para hacerle saber que estaba a su lado, pero ya aprendí que con ella sobran las palabras así que solo me senté a su lado, pedí un lugar bajo la frazada y la envolví en mis brazos. No sabría decir si la única razón por la que aceptó fue la ausencia de fuerzas para discutir conmigo o en serio necesitaba de ese abrazo, mucho menos me interesaba averiguarlo. Hasta entonces primavera —o el intento de primavera— había sido un total e irremediable asco.

En cada receso podías verla bajo los brazos de alguno de los chicos luego de aparentar estar bien durante toda la mañana, cuando no estaba Erik tomaba a Peter, a falta de Peter la consolaba Adler y cuando él no estaba se acercaba a Erik y cuando ninguno de ellos estaba cerca lloraba en silencio a mi lado, al final ella pretendía que no había llorado y sin decirlo yo juraba guardar sus lágrimas en secreto.

— ¿Cómo vas, Cross? —la molesta voz de Josh irrumpió sin descaro en la invisible línea dibujada alrededor de mi asiento.

— ¿Qué quieres Nolacshon? —pregunté con cara de pocos amigos.

— ¿Por qué tan gruñón, rulos?

Era jueves, lo que significaba que debía aguantar cuatro horas seguidas de economía y de paso pensar cómo zafarme de la dichosa apuesta.

— ¿Josh, hay alguna forma de terminar con nuestra apuesta?

—Claro —exclamó y mi corazón respiró con ganas—, rindiéndote.

—Corrijo. ¿Hay alguna manera de salir de esta apuesta sin parecer un cobarde?

Se diría que, con veinticinco años y ciertas responsabilidades desde temprana edad sabría diferenciar entre lo que es estúpido y lo que no. Pero no, obviamente no lo sabía.

Mientras daba vueltas en busca de una salida de emergencias al más absurdo de los problemas, entendí porque Emma decía que las niñas maduran primero que los niños. Estaba consciente del gen de la estupidez mas no me rehusaba a seguirla la corriente.
—Lo siento mi querido saltamontes, es tu orgullo o ella. No lo puedes tener todo, Harry.
Antes de que pudiera decir algo más el señor Scossert entró al salón. Mentras explicaba no sé qué cosas sobre la bolsa de valores una idea llegó a mi cabeza. Tenía dos opciones, volver a ser indiferente con Val, lo que no está a discusión, o simplemente tratar de ganármela, tal vez consiga que me acepte y algún día cuando estemos de luna de miel en Bora Bora le cuente todo el asunto de la apuesta, seremos tan felices que me perdonará; vaya que estaba jodido.

El segundo cigarrillo que enciende desde que llegué, el panorama comenzaba no solo a preocuparme sino a cansarme. Era exhaustivo verla en tan decadente estado de brazos cruzados.
— ¿Podrías dejar ese maldito cigarrillo? —le pedí hastiado.
—No.
— ¿Erik?
—Vali....
—No.
—No puedo creer que solo la dejen acabar con su vida y ya —exclamé con los brazos abiertos a cielo—. Es una pérdida de tiempo —dije entre dientes sin pensarlo. Ella se puso en pie, dio una fumada, arrojó el cigarro por el lavabo y el cenicero voló por encima de mi cabeza. Todo sucedió en una secuencia fugaz, lo bastante rápido para apenas procesarlo.
— ¡¿CREES QUE NO LO SÉ?! ¿ACASO CREES QUE NO SÉ QUE SOY UN MALDITO DESASTRE? —gritó como nunca. De hecho, nunca la había visto tan molesta. Adler dejó su plato de frituras a un lado sin quitarle la vista de encima, Andrew y Pete permanecieron en el sofá viendo los trozos de vidrios a pocos

centímetros detrás de mí y Erik solo la miraba con tristeza ¿yo? Pues cuando asimile todo les cuento—. Sé que estoy mal, estoy muy consciente de ello, Harry. Y lo que menos necesito es que andes por ahí teniéndome lastima o queriendo actuar como mi padre porque si no te has dado cuenta ya no necesito otro.

—Val...

— ¡Al diablo contigo Harry! —y me dejó ahí de pie en la habitación.

—Es mejor que los dejemos solos —dijo Andrew a los demás, Erik elevó una ceja sin entender nada, pero con un gesto de Pete, como siempre el más comprensivo, le hizo caso y los tres salieron quién sabe a dónde dejándome a solas con ella. Y como si no hubiera sido ya suficiente o posible, ahí estaba, con un dibujo entre sus pequeños y delgados dedos; con los pies sobre la cama y lo poco de maquillaje que usaba corrido.

—Quiero estar sola... —pidió sin levantar la mirada. Pero no hice caso e insistí de pie bajo el marco de la puerta.

— ¿Es que no entiendes? Quiero-estar-sola...

— ¿Qué no entiendes? No-pretendo-hacerte-caso

—Eres un fastidio.

—Oye, sé que apesta...

—No, no lo sabes.

— ¿Podrías dejarme terminar? —enterré los dedos en mi cabellera y busqué la paciencia que ya no tenía—. Lo que intento decir es... No estás sola, Val. No tienes por qué echarte a morir, la vida continua.

—Es muy fácil decirlo.

—Fuera más fácil si dejaras que me acerque. En serio lo intento, pero es que eres tan cambiante. Unos días atrás llorabas sobre mi camisa y al otro solo eres la sombra de la chica que conocía. La Valeria que conozco no se echaría a morir, así como tú lo estás haciendo.

— ¡Ese es el problema! ¡¡Tú no me conoces!! No puedo estar todo el tiempo feliz y pretender que no pasa nada a mí alrededor, no puedo seguir llorando en tu hombro y hacer de cuenta que nunca dijiste lo que dijiste. No puedo simplemente salir dando saltos y regalando sonrisas cuando obviamente no es lo que siento, Harry Edward Cross. Lo siento mucho, pero esto que ves es lo que soy.

—Por supuesto que no. Eso no eres tú. Sé que no es fácil, sé que fastidia escuchar a los demás decir un maldito "todo estará bien" cada segundo, que te vean como si fueras un patético cachorro abandonado; recibir lastima apesta. Que te vean indefenso y necesitado es un fastidio, pero con el tiempo aprendes que lo único que intentan es estar a tu lado, consolarte, aunque no sepan cómo... —por primera vez en once años extrañé a mi padre. Claro que entendía su dolor, empatizaba con el vacío que de a poco la estaba consumiendo porque catorce años atrás yo viví lo mismo cuando papá falleció. Sabía a la perfección que un hoyo negro la consumía desde adentro amenazando con devorar lo poco que quedaba de su universo.

—Valeria...

—No estoy lista, no aún.

—Podemos empezar con que tires a la basura esa desgraciada nicotina.

—Siento decepcionarte, Harry, pero ya estoy rota. No soy una linda princesa a la que puedes despertar del sueño eterno. Es mejor que te vayas buscando otra muñeca.

—Puedo ayudarte.

— ¿En serio? —una carcajada amarga se deslizó de sus labios. Sus ojos, esos ojos grandes incapaz de ocultar lo que sienten me escudriñaban a diestra y siniestra.

—Soy un hombre de palabra —apagó el tercer cigarrillo de la noche y me inspeccionó a ojos entrecerrados—. ¿Tenemos un trato?

—No creo que puedas.

—Me gustan los retos.

— ¿Puedo quedarme la nicotina?

—Uno solo por día y luego veremos.

Lucía como un poema, ahí sentada con esa mirada desarmando cada pared que alguna vez levanté, sonriendo débilmente bajo las lágrimas incapaz de poder ocultarlas.

—Esto... —levantó el dibujo en sus manos, pero no logró decir nada. Solo me lo pasó: era su abuelo. Mi desquiciada era bastante buena con un lápiz de carbón y un lienzo en blanco.

— ¿Nunca se lo llegaste a mostrar? —pregunté y ella negó con la cabeza.

—Lo hice hace unas semanas, antes de que-antes de que muriera.

No tenías que verla con detenimiento para ver lo rota que estaba; una pequeña niña que no sabía qué hacer con su vida. Y yo el desgraciado sin alma que no tenía los pantalones suficientes para hacer una elección.

— ¿Qué tan fuerte me golpearías si te beso ahora?

—No me tientes.

—Valeria.

—No estoy lista, Harry.

—Pero no es un no —y por primera vez desde que volvimos de Italia la vi sonreír otra vez, yo la hice sonreír. Dejé el boceto en su escritorio y me senté a su lado, como era ya de costumbre la arrullé como la mariposa en llamas que era. Val era tantas cosas para mí y yo tan basura...

15 de marzo, otro día de tormento mental. Otro día en el que elegí a mi orgullo por encima de ella

SOLO DI QUE SÍ

La mañana siguiente conduje con apuro a la universidad, no porque me preocupara en sobremanera mi educación, no tanto como a mamá, sino por un único asunto instalado en la parte consciente, subconsciente y todas las partes existentes en mí que me dictaba ser un hombre, no, un ser humano razonable y detener lo que podría catalogarse como el peor error de todos los tiempos.

Yo, tomando una de las sillas y sentándome frente a Josh: un beso.

Josh: Lo siento, Harry, no juego de ese lado.

Yo: ¡No! Quiero bajar la apuesta, un beso y gano.

—¿Solo un beso? ¿Seguro que ya no estás del otro lado de la cancha, Cross? Te estoy dando la oportunidad de llevarte a la cama quizás a la mejor mujer que conozcas en toda tu vida y tu solo quieres llegar a un beso — dijo, con una sonrisa burlesca en el rostro.

Yo: Y porque es quizá la mejor mujer que conozca en toda mi desgraciada vida no quiero que las cosas empeoren.

Josh: Lo sabía, estas enamorado de ella.

Yo: ¡Claro que no! No quiero lastimarla, es todo.

Sí, si lo estaba, pero aún no estaba listo para gritarlo a los cuatro vientos.

Josh: Es un engaño como sea que lo quieras ver, pero si así lo quieres, está bien por mí: un beso y ganas; de todos modos, será igual de difícil.

El cambio de hora llegó, para mi suerte, más rápido de lo esperaba. Hoy saldríamos temprano gracias a una tormenta para nada sorprendentemente; corrí por el pasillo principal en busca de un abrigo azul cielo, pero el de ella no era el único, el corredor estaba atestado de estudiantes todos tratando de volver a casa lo más rápido posible ¿Recuerdan la película de buscando a Nemo cuando al final Nemo se encuentra con Doris y muchos peces comienzan a ir en dirección contraria? Agreguen un poco de agua y eso eran los pasillos del Imperial College London. Por más que busqué no encontré a ninguno de los chicos, de seguro ya estaban esperándome en el estacionamiento, pero como la terquedad viene impregnada de fábrica en mis venas quería ser yo quien la pasara a buscar a su salón de clases. Después de llevarme por delante un sin número de hombros llegué, pero como ya lo esperaba ella no estaba ahí.

— ¡Pensamos que te habías quedado atrapado en el salón! —dijo Erik tan pronto me acerqué. Bien podría haberle hecho competencia a cualquier acuario y ganar la contienda.

—Los estaba buscando —entré de golpe en el asiento trasero del auto de Andrew dejando atrás mi auto, yo no era lo que se dice técnicamente confiable para conducir bajo lluvia—, ¿Dónde está Val?

—Hoy despertó con un extraño deseo de comer pescado frito y se fue hace un rato con Adler y Peter —Erik explicó y Andrew pisó a fondo el acelerador.

Entrar al restaurante fue como llegar al paraíso de la calefacción y ver el termómetro era una tortura. Cuando llegamos Adler, Peter y Val ya habían ubicado una mesa al fondo, desde la entrada pude ubicar el cabello rubio de Addler tres mesas adelante, él y Val hacían un extraño bailecito que solo iba de menearse de un lado a otro, claramente ya estaban comiendo.

—Estoy llegando a pensar que estás embarazada, Vali —dijo Andrew alborotando su cabello.

—Tengo la hipótesis de que Adler la mordió y la transformó en una de los suyos —bromeó Peter tomando un gran sorbo de la taza con café caliente que había ordenado. Val y Adler lo miraron con reproche y la próxima hora nos dedicamos a molestarlos y meter las manos en el plato del otro mientras esperábamos por nuestras órdenes. Hacía ya un rato que no disfrutábamos tanto con tan poco. Sin alcohol ni música, sin luces a todo volumen, solo nosotros como cuando estábamos en la escuela; nosotros y una invitada igual o más trastornada.

La lluvia se convirtió en nevada y el auto apenas dio para llegar hasta el piso que compartían Peter, Adler y Andrew, no lo dije en voz alta, pero agradecí que fuese así, desde lo ocurrido con mi padre no tolero quedarme solo en casa. Supongo que es la verdadera razón por la que no he empacado las maletas y buscado al igual que los chicos un apartamento cerca del campus. No es que temiera a la soledad, es un asunto que yo mismo no sé todavía cómo nombrar.
—¡Pido el control uno! —gritó Peter saliendo disparado tan pronto entramos.

Una vez cumplimos la edad suficiente para poder llamar a los bomberos en caso de emergencia, mamá accedió a dejarnos la casa, tomaba su bolso, llamaba a la abuela y salía huyendo de los proyectiles de malvavisco y los gritos frente al televisor. Ahora jugábamos a ser adultos, con nuestros propios apartamentos, pagando los servicios, yendo al mercado y todas las cosas que un adulto está supuesto a hacer mientras en secreto esperamos días como estos para recluirnos en casa jugando videojuegos.
Mientras los chicos jugaban luego de haberse secado, Andrew y yo preparábamos chocolate caliente para evitar terminar congelados, en realidad Pete hacía todo el trabajo, yo escaneaba la sala en busca de Valeria.
—Está en la terraza —dijo Andrew.
— ¡¿Con esta temperatura?! —me alarmé.

—. ¿Ya decidiste qué vas a hacer?

—Terminaré con la apuesta —dije. En cierto modo era verdad. Técnicamente.

— ¡Dios ha escuchado mis plegarias! —dejó la leche sobre la mesa de la cocina y elevó los brazos al cielo—. ¿Le dirás?

—Una cosa a la vez.

—No es necesario decirte que tienes una puerta abierta, pero sí estoy en la obligación de suplicarte que no lo arruines.

— ¿En serio crees que tengo oportunidad?

—Si Erik no te arranca la cabeza y tira de tus brazos como en el coliseo romano..., yo creo que sí.

No me atrevía a tomar por seguro las palabras de Andrew, no porque no confiara en él, sino porque no confiaba en el temperamento de Valeria, en su manera de hacerse la fuerte, esa afición suya de dividirse entre la mujer maravilla que el público veía o la niña indefensa que solo nosotros conocíamos; si es que realmente existía esa niña. Entonces, acercándome a la terraza mientras los chicos dejaban el Play para ver una película, alcancé a ver sus ojos rojos y como estrujaba con peculiar desdén un cigarrillo. Antes de que pudiera formular una oración, dijo: —Descuida, no lo pruebo desde ayer.

—Toma, debes estar congelándote —le pasé una taza de chocolate caliente. Ella agradeció en voz baja y volvió la vista a la ciudad que poco a poca vestía una fina capa de nieve.

— ¿Por qué prefieres estar aquí? Es realmente divertido ver Peter y Erik tratar de no gritar cada vez que aparece alguien degollado en la pantalla.

Y ahí estaba, otra risa... ¿Les he comentado que una sola nota de su risa consigue calentar mi corazón? ¿No? Pues ya lo saben.

—Me gusta ver como cae la nieve.

— ¿Puedo verla contigo?

—Es un reino libre.

Minutos iban y venían, antes de notarlo cuatro cuerpos dormían alrededor del sofá y Val seguía sin despegar la vista de la terraza;

tomé su mano con tranquilidad rogando a Dios que no la rechazara, sé que no es jugar limpio aprovechar la vulnerabilidad que la arropaba, pero ¡Dios! Es una oportunidad sea como sea. Ella bajó la vista a nuestras manos unidas, miró a mis ojos y pude notar el tremendo esfuerzo que hacía por no llorar. Le brindé refugio en mis brazos como ya se nos hizo costumbre, besé su frente y sentí que estaba en el cielo con tan solo aspirar su perfume, fue entonces cuando finalmente me decidí:

— ¿Valeria?

— ¿U-hu?

—Tenemos que hablar...

—No...

—Sí. Necesito que me digas si hay posibilidad de un nosotros —y por primera vez en mi vida fui directo al punto. Sin rodeos ni temor, solo lo dije y ya. Sus ojos miraron a todos lados, no creí que fuese siquiera posible una versión nerviosa de ella.

—Necesito saber si debo seguir acosándote o solo dejarte en paz — solo se escuchaban nuestros susurros.

—Es divertido cuando me acosas—se alejó y jugó con sus dedos, definitivamente estaba nerviosa. En ese momento recordé que ser razonable no funcionaba con ella y la besé con una mezcla de sentimientos que, para mi sorpresa, amenazaba con rayas en el amor. Sujeté su cabeza entre mis manos y besé sus labios como si fueran míos, como si siempre hubieran sido míos.

—Solo di que sí —apenas dije sobre sus labios. Sentía arder mis pulmones, maldita necesidad de tener que respirar; quería más.

—Salir con un rompecorazones no está entre mis propósitos de año nuevo.

—Hasta el más desgraciado tiene derecho a una oportunidad.

20 de marzo, el comienzo de algo bueno.

U.N.I

Es mía, finalmente es mía. Tres semanas y estoy a punto de romper el récord, ¿la casualidad? que todos ya se lo esperaban, Erik no se enojó, pero sin duda disfrutó decirme que nadie ha pasado de los treinta días en una relación formal con Val. Y sí, estaba preocupado y contando los días del calendario.

Debo admitir que nunca presté tanta atención y dedicación a una relación, pero por una solo vez quería saber cómo era tener algo serio, por primera vez sentía que estaba enamorado, no como aquella vez cuando dije que estaba enamorado del flan que preparaba la abuela de Adler o esa otra cuando juré encontrar el amor en la preparatoria, pero solo era sexo, no. Era una de esas veces en las que solo puedes pensar en una sola persona, esa en la que esperas con mucha más desesperación el final de la clase de economía y te alegras al llegar al salón de administración porque sabes que la verás; es de esas veces donde te preocupas de que mientras no estás a su lado llegue alguien mejor y la aleje de ti. Una de esas veces en las que finalmente te enamoras. Una semana más y rompería el récord. No diré que no hacía uso de toda mi paciencia pues les estaría mintiendo, resultaba estresante compartir mi novia con la biblioteca, un montón de hombres en leotardo que salvaban el mundo a tiempo completo y las imágenes en su cabeza que pedían ser pintadas.

— ¿Sabes por qué la desquiciada de tu novia pasa tanto tiempo metida en la biblioteca últimamente? —preguntó Erik por sobre la música.
—Es tu mejor amiga, tu dime —pedí una cerveza al bar tender al no obtener un trago de la de Erik. La barra estaba atestada de gente y apenas se podía distinguir a alguien en particular en la pista de baile; cada segundo miraba tras la espalda del pelinegro y mis dedos tamborileaban sobre la lata de cerveza.
—Fue al baño no a la India, abandona la histeria —comentó.
— ¿No la has notado distante?
—Harry, mi querido y ruloso Harry. Ya cumpliste el mes, no sé por qué te preocupas tanto.
—Tú más que nadie la conoces...
—…Y aún me sigue sorprendiendo
—Comentarios así no son de mucha ayuda.
—Si te sirve de algo, me alegra que esté contigo y no con otro. Solo te pido que no muestren su amor en mi presencia, todavía no me acostumbro.
Curioso, ella estaría mejor con cualquier otro. No habrán olvidado la apuesta ¿La prueba latente de la mala persona que soy? Lo sabía, pero también era egoísta. Si bien Erik notó que Valeria pasaba la mayor parte del tiempo metida en la biblioteca estaba seguro que también se percató de sus cambios de humor y luego de la gemela sorpresa esperaba cualquier cosa de ella.

La música subía y las luces parpadeaban con sutilidad, los chicos volvieron por unos tragos y a tomar un segundo aire, menos Andrew que se quedó bailando un rato más con Valeria a la espera de Eliza, una chica con la que había comenzado a salir. Dos canciones después Eliza llegó y Valeria se acercó a mí.
— ¡Hey! —cruzó un brazo por mis hombros y arrebató la cerveza de mis manos.
—Suficiente —retiré la bebida de sus labios, ella resopló un "aburrido" y me besó de sorpresa. Val tenía la habilidad de llevarme

ida y vuelta fuera del planeta con uno solo de sus besos, no era novedad ver la sonrisa de tonto en mi rostro.

— ¡No demostraciones de amor frente a mí! —asqueó Erik. Pidió otra bebida y se marchó en busca de los demás.

—Eso fue por todo el trauma que él y Mel dejaron en mí —dijo a carcajadas. Su risa era tan hermosa, tan única, tan de ella..., si esto no era amor no sé entonces qué sea. Sujeté su cintura con posesión y la atrapé entre mis piernas frente a frente para poder ver sus ojos brillantes y alegres.

— ¿Qué haces? —sonrió.

—Amo tu perfume —dije con el rostro oculto en su cuello.

—Esto es extraño —dijo, pero no la entendí—, tú y yo —aclaró—. Es raro que estés tan meloso conmigo.

—Si lo miras en retrospectiva era de esperarse.

—Porque cuando te gusta una chica amenazarla con enterrar su cara en el hielo es lo primero que haces para conquistarla —rodó los ojos. Yo reí, alejándome de su cuello y me encogí de hombros pues decirle por qué tuve el coraje suficiente para llegar hasta donde estábamos ahora no era una opción.

—Te amo —dije sin pensar, cuando me arrepentí y temí que se echara atrás sus ojos brillaron y su sonrisa fue más radiante que nunca. Besó mis labios y el resto de la noche desapareció.

Estar con ella no fue como lo imaginé, sino mejor, mucho mejor. Sus ocurrencias me hacían reír y la mejor cita era echarnos en el parque a medianoche a ver las estrellas; sus pupilas se dilataban y su mano no soltaba la mía mientras trataba de contarlas. Nos entendíamos sin necesidad de palabras y disfrutábamos al máximo los pocos minutos entre clases que con suerte conseguíamos. Se enganchaba de mi brazo cuando estaba asustada y me provocaba pequeños ataques al corazón cada vez que se lanzaba a cruzar la calle sin mirar o brincaba de un lado a otro sobre los muebles, era un poco torpe, pero mía. Impulsiva, fuerte y al mismo tiempo la más frágil de las niñas, pero, sobre todo, seguía siendo mía. El primer mes dio paso al segundo, el segundo al tercero y con suerte permaneceríamos así hasta el cuarto, peleábamos por cualquier tontería, pero casi siempre olvidaba algo y volvía orgullosa a buscar su cartera o la bolsa de esos gusanos de dulce que tanto le gustaban, solo me bastaba besarla y el enojo se le pasaba.

Era tan perfecto que me atemorizaba que todo esto fuera solo un sueño. Mamá la adoraba y Emma no la soltaba en cuanto ponía un pie en casa, me irritaba, pero después de todo yo la tenía todo el resto de la semana y bien sabía lo mucho que extrañaba a su hermana y aceptémoslo, los chicos y yo nunca podríamos llenar ese vacío por completo. La semana pasada visitamos la casa de los abuelos en Holmes Chapel y al ver al abuelo sus ojos se cristalizaron, supongo que la cicatriz que dejó el suyo cuando partió aún no sanaba ni tampoco lo haría. Era pésima en la cocina, pero de todos modos no desistió de ayudar a la abuela Ella a preparar la cena, disfrutó los paseos por la ciudad y me hizo prometerle llevarla a visitar la casa de campo a las afueras en las próximas vacaciones: siempre iba de campo con sus abuelos cuando era pequeña y pues, no había nada que pudiera negarle. La amaba y eso estaba más claro que el agua.

Era veinte de junio cuando me mudé de casa, Emma había regresado a casa en Manchester y aunque mamá rezaba porque se quedará más tiempo su esposo —un abogado que poco conocía porque estaba siempre muy ocupado con su maravilloso trabajo— llegó a casa diciendo no podía tenerlas lejos más tiempo por lo que Emma y la pequeña Isabel partieron. Una vez más nadie se molestó en preguntarme qué opinaba al respecto así que, por igual, hice mis maletas, monté mis videojuegos en el auto y me mudé al centro en el mismo edificio que Erik y mi loca novia italiana. El verano prometía ser fuerte y los chicos llegaron temprano para ayudar con la mudanza.

— ¿Dónde quieres este sofá? — preguntó Andrew desde el pasillo.

—Ese va en el espacio que da a la terraza.

— ¿Quién pone un sofá ahí?

—Yo, Davies.

—No te sorprendas si luego quiere poner la cama en la cocina —dijo Val cruzando por encima de la mesa.

—¡Me pones nervioso cuando haces eso! —le reclamé como si sirviera para detenerla.

—Descuida, el hospital más cercano está a menos de diez minutos —sencillamente argumentar con ella era terriblemente imposible.

— ¿Para qué es la soga? —pregunté.

—Con Adler y Erik queremos intentar subir el escritorio de una manera más fácil.

—Tú no harás eso, te puedes lastimar.

— ¡Claro que no!

—No está a discusión —arrebaté la soga de sus manos y bajé a ayudar a los chicos en su lugar.

— ¡Eres imposible! —gritó desde la puerta.

— ¡Y tú no eres la mujer maravilla!

Para las seis de la tarde todo estaba terminado y los chicos durmiendo en algún rincón del apartamento, Val y yo tirados en el sofá luchando contra el sueño sin posibilidad de ganar. Se acurrucó bajo mi brazo que según me contó se convirtió en su lugar favorito, jugaba con las pulseras al final de mi muñeca mientras yo acariciaba su corto y ahora ondulado cabello y disfrutaba de tenerla así tan cerca.

—Por cierto —dijo en medio de un bostezo—, la mujer maravilla, es de DC y de ahí lo único bueno es Batman.

— ¿No es lo mismo que Marvel?

—No —refunfuñó—, ni se te ocurra volver a decir tal cosa.

—Entonces eres mi Spider-girl ¿Eso sí es de Marvel?

—Ya vas aprendiendo... —bostezó una vez más y quedó rendida sobre mí, se aferró a mi camiseta acurrucada como si fuera un minino con frío. La besé en la frente y me limité a descansar en el segundo piso de mi nuevo hogar junto a la mujer que pretendo amar por siempre.

20 de junio, soy irremediable y sencillamente feliz.

EL LOBO QUE PRETENDE SER OVEJA

El verano prometía ser tan fuerte como el invierno pasado posicionando el sol en su cúspide, obligándonos a pasar las tardes en el patio trasero de nuestras casas equitativamente cerca del refrigerador y la piscina. Aquella tarde turnamos ir a la casa de Adler, su madre preparaba un flan para morirse. Contábamos con unas pocas semanas libre de clases para disfrutar la temporada y acostumbrarme a la idea de Valeria usando shorts. No me jacto de decir que la comprendía en su totalidad, podía ser tan tierna como un cachorro y de un momento a otro convertirse en una fiera. En una ocasión me contó que tenía la teoría de que las personas pequeñas están más cerca del infierno y, al no medir más de un metro sesenta y cinco no era capaz de contener tanta ira por lo que de vez en cuando era saludable estallar y hacer de una a dos rabietas al año. La verdad es que todos sus intentos de lucir aterradora tan solo la hacían ver adorable, como darle una motosierra a un gatito.

La primera vez que vi a Emma hacer sus maletas y partir a la universidad sentí ir una parte de mí, sentí que ella también me abandonaba. Cada pascua y navidad que nos visitaba me repetía al espejo que no debía emocionarme, de todas formas, iba a marcharse al terminar las festividades, al final todo mundo se marcha. Supongo que por razones obvias era tan unido a los chicos, con ellos no

quedaba tiempo para pensar o sentirme solo..., temo que Val se sienta igual estando tan lejos de casa.
— ¿Qué pasa con Erik? —pregunté saliendo al patio. Erik había estado los últimos días más callado de lo habitual.
—Extraña a Mel —respondió Andrew desde la piscina.
—No soy tan cursi como Harry —alegó Erik en su defensa y me hice el herido. Pero no podía contradecirlo, desde que salgo con su mejor amiga no era el mismo. En las noches libres de clases bajaba hasta el piso donde vivían y la raptaba hasta el piso de arriba, decía siempre que estaba cansada, pero en cuanto llegaba me hacía buscar viejas películas animadas que solo tenía por ella y corría a la cocina a tratar de hacer pasta sin quemarla.
Muy pocas veces podía y era yo quien terminaba preparando la cena. Estar con ella hacía tantas cosas en mí, como, por ejemplo, descubrí que soy celoso y me he visto aprendiendo a cocinar pues no quería que termináramos incinerados. Valeria no malgastaba la oportunidad para llevarme la contraria y testaruda como ella no he conocido otra, me espantaba a morir a cada momento, pero a pesar de todo la amaba. Y no, no era el mismo amor que tenía por el flan que preparaba la mamá de Adler, era real. Sin revolcones de una semana o aventuras de una sola noche, por primera vez en toda mi desaliñada vida había algo correcto y bueno; sabía que podía llegar a casa y estar todas las noches con la misma chica, tener citas con ella, siempre ella. Me atrevo a deducir qué era aquello a lo que Andrew se refería con madurar.
— ¿Dónde está Val? —pregunté mirando a todos lados.
—Recibiendo una llamada en la cocina —dijo Adler.
—De seguro habla con Mel. Ya vuelvo —y antes de siquiera decir algo más Erik salió disparado con rumbo a la cocina. Diez minutos después ambos volvieron alegres y animados.
— ¿Todo bien?
—Hablaban por teléfono, Harry. No seas paranoico —bromeó Peter tumbado cerca de la piscina.
— ¡No soy paranoico!

—Lo siento rulos, pero sí lo eres. Descuida igual me agradas —le ayudó ella.

—Solo te agrado... Bien —la tomé en brazos y lo único que se escuchó fue el chapuzón seguido de sus gritos.

Espero que no vayan a olvidar que poseía un master en ponerme lo nervios de punta.

— ¡Val! —recorrí toda la piscina con la mirada, pero no la vi— ¡Valeria! —y oficialmente estaba asustado.

—¡Boo! —saltó debajo del agua y quien terminó sumergido fui yo.

—¿En serio vamos a jugar a esto? —resopló al no verme y se dispuso a salir del agua, entonces, recordando la novia bipolar e infantil que tengo la sujeté por la cintura obligándola a regresar al agua conmigo. Casi todas las mujeres desean un beso bajo la lluvia y luego estaba yo, que quería un beso bajo el agua, nada más. Y lo conseguí. Por desgracia ninguno de los dos era Aquaman (sí, la chica me contagió sus aficiones de súper héroes) y la falta de aire nos devolvió a la realidad.

—Aún no me acostumbro a sus demostraciones de amor.

— ¡Por favor, Erik! El chico vive en el piso de arriba, deberías estar acostumbrado —ella se defendió apuntando hacia mí para luego nadar al bordillo. Hubieran visto la cara de idiota que me cargaba mientras la veía desfilar lejos de mí.

— ¿Acaso me ves por ahí besuqueando a Mel?

— ¡Claro que sí! Aún sigo pagando las sesiones con el psicólogo.

Y luego decían que los niños éramos ella y yo. Hermosa..., la amo tanto. Aún así no abandonaba esa sensación terrible que sientes al ver un drama y deduces que tanta felicidad no anuncia nada bueno. ¿Por qué si la hago sonreír sigo sintiéndome culpable? Sabía las respuestas, pero pretendía no hacerlo.

— ¿Están listos? —entré al apartamento 20B y me lancé en el sofá como si viviera en lugar, como siempre lo he hecho desde que Erik lo alquiló.

—No —respondió saliendo a la sala de estar colocándose su tan amada chaqueta de cuero— ALGUIEN —gritó hacia el pasillo que daba a las habitaciones— perdió sus zapatos.

— ¿Otra vez? —pregunté sin poder evitar la risa.

—Anota bien mis palabras: cuando Valeria llegue a los cuarenta será un milagro si recuerda su propio nombre.

—Al menos aún tienes unos dieciséis años para disfrutarme antes de que me vuelva una demente, compre muchos gatos y viva bajo un puente —dijo ella en su defensa con un par de Vans en la mano izquierda y un malvavisco en la otra. Su tono pudo sonar jovial, pero una extraña mueca vivió en sus labios lo suficiente para ser percibida.

Con un poco de paciencia y berrinches de por medio veinte minutos más tarde partimos a casa de Josh. Hacía ya un tiempo que no salíamos de fiesta; de prever lo que estaba por suceder aquella noche, quedarme en casa hubiese sido la idea más tentadora de toda la noche.

Las mentiras tienen el mal hábito de caer por su propia cuenta.

Andrew iba de la mano con Eliza, supuse que era formal luego de cuatro meses y tres almuerzos por semana. Peter con suerte notó nuestra existencia mientras bailaba con algún nuevo prospecto que no conocía y Adler atrapó la mano de mi novia tan pronto entramos alejándola de mi lado y se sumergió en la tarea de recorrer toda la casa presentándola frente algunos viejos amigos. Lo sé, yo debería haberlo hecho antes. Conseguí ser su novio, pero no significa que dejara de ser un idiota.

— ¡Lo hiciste, Harry! —Josh se acercó con un vaso de alcohol en la mano y gritando debido a la música a todo volumen.

— ¿De qué hablas?

— ¡Valeria! Te di hasta la próxima fiesta de año nuevo y la has traído a la de verano. Dime, ¿ya la llevaste a la cama?

—La apuesta no sigue en pie, Josh. Estoy fuera —me observó con más seriedad sin poder creerlo, tomó un sorbo de su bebida y dijo:

— ¿Tanto de gusta?

—Más de lo que imaginas. No puedo jugar con ella.

—Porque ya lo has hecho —dijo.

—Trato de remendarlo —alegué.

—Si es lo que quieres creer —miró donde Val, Erik y Adler estaban, regresó la mirada a mí, incrédulo y sin inmutarse contestó: —¿Los chicos no lo saben, ¿verdad? Mira, hermano, es grandioso que quieras arreglarlo, pero sé que tú sabes que el día que ella lo descubra no valdrá de nada todo lo que hayas hecho ni cuan enamorada de ti esté; tú la conoces más que yo y estoy seguro de que lo tienes pendiente.

—Esa apuesta fue lo peor que he hecho, pero no me arrepiento del todo, al menos ya la tengo —hice mal, vaya que estaba haciendo mal, de todas formas, el recuerdo de su sonrisa era mayor que yo.

— ¿Cuál apuesta, Harry? —preguntaron a mi espalda y el corazón se me detuvo. Volteé y me encontré con un enojado Adler frente a mí; verlo así, debo admitirlo, me asustó. Adler nunca se enojaba, no de verdad.

— ¿De qué apuesta hablas, Harry? —Adler preguntó de la nada. Miré a Josh, pero él se encogió de hombros, articuló con los labios un lo siento y se marchó. ¿En qué momento Adler dejó de bailar con Valeria y simplemente llegó a mi lado en el más inoportuno momento?

—Adler, yo… —la personita encargada de llevar las riendas dentro de mi cabeza se esforzaba por elaborar una excusa, una buena, pero nada.

—Estás jugando con ella —fue la primera vez en toda mi vida que vi al duende serio. Su rostro sombrío y la mirada acusadora. No era una versión suya que siquiera pensé podría existir.

—No. Jamás le haría eso.

—De todas las chicas en Inglaterra y juegas con ella. Harry, no es justo que también la veas como a las demás.

— ¡Y no lo hago! En serio la amo.

— ¿Y esa apuesta de la que hablaba Josh?

—Un juego, solo fue un juego, pero luego la conocí mejor y...

—Mira, eres uno de mis mejores amigos, pero aprecio mucho a Val así que te pido que no le hagas nada… —ceño fruncido, ese tono rojo colera en el rostro, su dedo presionado contra me pecho con ganas de perforarme por completo. No, jamás imaginé verlo así.

—Moriría antes de hacerle algo, Adler —fui sincero. No sería capaz de vivir conmigo mismo, tan solo imaginarla llorando como aquella vez en el entierro de su abuelo…, apenas evocando esa versión suya era capaz de destrozarme el alma.

—…y que le digas la verdad —finalizó con severidad.

—No puedo.

— ¿Por qué no?

—Porque echaría a perder todo. Es la primera mujer que en serio quiero, no, que amo a alguien. Decirle la verdad sólo la alejará de mí.

Adler no parecía estar convencido de mis palabras, pero me bastaba con mi propia seguridad, pues cada una era tan sincera como la anterior. Sabía lo que estaba haciendo y las consecuencias de mis actos, en cuanto acepté la apuesta estuve al tanto de todo, sin embargo, ahora las cosas habían cambiado, los personajes interpretaban roles diferentes y la villana resultó ser la más dulce de las princesas. No estoy dispuesto a perderla por mis estupideces.

Antes de que Adler dijera algo más Valeria apareció tras de mi colgando sus brazos alrededor de mi cuello, susurró algo que apenas entendí por la música y tiró de mi mano hasta llegar al centro donde todos bailaban. Mis manos se ajustaban a su cadera a la perfección y verla a los ojos era como si mi vida dependiera de ello, entonces, todo nuestro futuro pasó por delante; lo que podía ser si no le contaba el por qué tan de pronto tuve los pantalones para decirle lo que sentía, y ese otro futuro donde le decía la verdad y me olvida como si nada hubiera pasado. Entonces, esa noche, la culpa creció. Sentía culpa al besarla, al abrazarla, tomarla de la mano... sentía que no la merecía. Sentía que era la peor escoria sobre la faz de la tierra. Dos días después, con la ayuda de Peter, conseguí el número de Mel y la convencí de venir a Londres. Tanto Valeria como Erik la extrañaban y a ambos ya les he mentido lo suficiente: le miento a ella cada día al verla y a Erik al traicionar su confianza y jugar con la chica que es prácticamente su hermana.

— ¿A dónde vamos? —preguntó por décima vez desde el asiento trasero.

—Odio las sorpresas, Harold, y lo sabes —reclamó Erik por doceava vez sentado en el asiento del copiloto.

—Parecen nenas de cuatro años.

Hora y media más tarde estábamos en el aeropuerto.

— ¿Qué hacemos aquí? —inquirió Erik.

—No iremos a Disney ¿cierto? Es lindo, pero, Harry, ya estoy un poco grande.

—Nunca sé es bastante grande para Disney World y esperen, actúan como un par de demonios de Tasmania —miré el reloj en mi muñeca derecha y como si fuera sincronizado...

—¡¡Vali!! —los gritos de mi cuñada chocaron de golpe en mis oídos provocando un dúo de llanto y risas que se repetían en la misma secuencia.

—¿Qué haces aquí? —dijo Valeria atropellando las palabras.

—Mi nuevo cuñado —su gemela apuntó con el dedo índice hacia mí y agregó: —Espero que esta vez no lo dejes de la noche a la mañana.

He aquí algo curioso: Hice a mi novia feliz pero la culpa no disminuía. Seguía ahí, detrás de la oreja recordándome que aún no la merezco. Los días pasaban y daba lo mejor de mí para hacerla feliz pero simplemente el sentimiento de culpa tomaba mi cabeza; respiraba hondo, cerraba los ojos y fingía que nada pasaba, pero al tenerla frente a mí, mirándome con esos grandes ojos marrones recordándome como la había engañado. Creí que de ignorarlo se esfumara, pero no, Andrew y Adler me descubrieron y era cuestión de tiempo para que la bomba literal explotara frente a todos.

26 de junio, me he convertido en un agonizante lobo que quiere ser oveja.

¿QUÉ ESTÁ MAL?

Estaba sentado en el sofá del centro, Andrew y Adler hacían círculos en frente al televisor compartiendo turnos a la hora de regañarme. No tenía idea del tan elaborado vocabulario que podía tener alguien tan adorable como Adler. Como regresar trece años atrás antes de que papá nos abandonara y jugábamos a ser una familia feliz.
Lo extrañaba.
Papá falleció cuando cumplí once, recuerdo que insistió en llevarme a España a ver jugar al Real Madrid, mamá peleaba diciendo que no había necesidad con tantos buenos equipos en el país, pero yo quería ir a Madrid, ser un turista, ver los monumentos y tomar fotos típicas. El fútbol era un bonus que cualquier niño hubiese deseado y todo padre anhelaba tener con su hijo. No he querido recordar nada más desde la noche que llamó diciendo que empacara mis cosas; era doloroso. Lo extrañaba. No me había percatado del sudor en mi frente ni como mis dedos se aferraban al t-shirt gris que llevaba puesto, no me percaté del tiempo en lo absoluto hasta que los reclamos de Adler me trajeron de regreso a la realidad.
— ¡Lo sabías, Andrew! ¿Por qué no dijiste nada? ¡Se supone que eres el más sensato de todos y simplemente das la espalda y apoyas las estupideces de Harry!
— ¡Él ya terminó con la apuesta, mucho antes de salir con ella Valeria!

— ¿Así? Pues ve y dile eso a Josh porque para él la apuesta simplemente bajo de valor.

—Eh, chicos, Harry sigue aquí —dije en voz baja. Moviendo la mano de un lado a otro.

— ¿Cómo que bajó de valor, Harry? —Andrew me miró sorprendido y ¿Por qué no? Decepcionado.

No sabía qué decir, qué hacer... no sabía nada, solo que si la puerta se abría y alguien más se enteraba sería definitivamente mi fin.

—Dijiste que la apuesta había terminado.

—Y así fue —dije, secando el sudor en mi frente. Echando a un lado los malos recuerdos donde no pudiese verlos más.

—Claro que terminó ¡El señor Cross ganó!

Honestamente, no me sentía de humor. En otras circunstancias hubiera sido incluso divertido, pero ya había vagado mucho por un solo día. Sentía los músculos tensos, sentía que el aire se agotaba..., sentía que regresaba en el tiempo donde mi corazón se doblaba en dos y caí solo arropado por la tenebrosa oscuridad de mi antigua habitación.

—¡YA BASTA ADLER! Me equivoqué, lo sé.

—Una chica, Harry, no podías no jugar con una sola chica.

— ¡Pues ve y cuéntale si quieres, Wood! —Me levanté del sofá hastiado; como si no fuera ya suficiente con la maldita culpa devorándome por las noches. Era la primera vez que discutíamos así—. Sé que hice mal ¿vale? Pero no puedo hacer nada al respecto.

—Dile la verdad

—Adler...

—Al menos sé sincero con ella y líbrate del cargo de conciencia que debes tener.

—Adler tiene razón, Harry.

— ¡Andrew! —cerré las manos en dos puños con la suficiente fuerza como para esperar que no me vieran temblar.

—Lo siento, hermano, pero es lo menos que puedes hacer.

— ¿Y si no se lo digo qué? —desafié a Adler pero jamás me esperé lo que dijo en respuesta.

—Lo haré yo.

—Hazlo y rómpele el corazón.

— ¡ESO YA LO HICISTE TU IDIOTA!

— ¿Harry, sabes si el celular de Val está aquí? Lleva buscándolo dos días y Mel está así de cerca de lanzarla por el balcón... —Erik entró de improvisto captando nuestra atención. Grandioso—. ¿Pasó algo? —preguntó.

—Na-nada —maldición.

—No habrás vendido la colección Toy Story de Andrew por eBay, otra vez.

—Algo así.

—Eres irremediable, Harold.

—Lo dices y ni te lo imaginas —farfulló Adler entre dientes— ¿Valeria está abajo? —preguntó y ahora eran mis rodillas las que amenazaban con temblar.

—Yep, está tratando de preparar palomitas para ver la trilogía del Rey León. ¡No se cansa de ver esa cosa!

—Mejor voy a darle una mano.

—Harry, Harry.

— ¿Sí?

— ¿Podrías ver si el teléfono celular de tu novia la trastornada está aquí?

—Claro... —dije sin ánimos y fui en busca del teléfono de Val a mi habitación. Pretendía que no lo encontraba esperando tener el tiempo suficiente para recuperar el ritmo normal de mis latidos.

Las vacaciones acabaron, en dos días volveríamos a clases y un día antes Mel regresó a Italia. Erik tenía la nariz roja y los ojos llenos de lágrimas mientras que Val apenas sonreía de lado. La tarde después de que partió el avión de Melanye fuimos al centro por algunas cosas que Valeria necesitaba comprar, creí que eran cosas para la universidad pero resultó ser materiales para pintar, cada vez iba más de lleno con el arte y más alejada de las Lenguas que era lo que de hecho estudiaba, dos días a la semana discutía con Erik y se encerraba en su habitación, hacían las paces pero cuando el tema de la universidad salía a colación peleaban otra vez; le he preguntado qué sucede pero dice que luego me contará y al final no decía nada. Las cosas con Adler... Siquiera nos dirigimos la palabra, el ambiente cambiaba y era toda mi culpa. La mañana del treinta de junio al llegar al salón los chicos me felicitaron sin razón aparente, lo mismo pasó en el corredor, economía, el estacionamiento y mientras esperaba a los demás para el almuerzo. Dos días después me enteré de que el rumor sobre mi apuesta con Josh se extendió.

— ¿Fuiste tú? —ataqué a Adler tan pronto lo encontré en los muros de atrás de Ingeniería, los demás seguían sin salir de clases y no podía esperar más para preguntarle.

— ¿De qué mierda estás hablando?

—La apuesta ¿Le dijiste a todos?

— ¿Crees que soy capaz de eso? —alzó una ceja y me dio una mirada inquisidora; no sabía qué creer. Uno de mis mejores amigos me tenía a un lado con la ficha de "escoria" pegada en la frente, pasaba más tiempo con mi novia y convenientemente los chicos se enteran sobre la apuesta ¿coincidencia no lo creo?

—Sí lo crees —dijo decepcionado—. Sabes, me interesa poco lo que pienses.

— ¡Rubio! —Valeria saltó de la nada y se aferró al cuello de Adler, detrás de ella llegaron los demás. Era hora de ir almorzar. Normalmente ella se llevaba bien con los chicos, como si hubiera crecido junto a nosotros, pero comenzaba a molestarme que prefiriera sentarse junto a Adler, caminar a su lado e ir de su brazo cuando yo estaba cerca y era yo quien ocupaba el lugar de "novio" en su vida.

Era tiempo de buscar una salida que me permitiera arreglar las cosas con los chicos, admitir mi error y quedarme con la chica. No, no tenía la mínima idea de dónde comprar un milagro.

—Lo siento, no quise que pasara esto, pero Josh propuso la apuesta y no sabía en qué pensaba cuando acepté. Era la única manera para reunir el valor necesario para hablarte... —ni yo mismo me convencía. Cuarenta minutos frente al espejo ensayando como maldición decirle la verdad y nada, admiraba mi propia persistencia en ser el mismo cobarde que fui meses atrás. Hastiándome eché en el sofá y marqué el primer número que encabezaba mi lista: ella.

— ¿Estás ocupada, spidergirl?

—Voy de salida.

— ¿A dónde vas?

—Iré a ver el estreno de la nueva película de Aliens con Adler —me levanté de golpe del sofá y enterré los dedos con furia en mi cabello.

— ¡Se supone que irías conmigo!

—Lo sé. No te vi ayer, llamé a tu teléfono, pero nada así que Adler se ofreció acompañarme.

— ¿Y qué hay de Erik?

—Cyber cita con Mel ¿Qué hay de malo con Adler?

—Nada, nada... —todo, pensé— es sólo que pensé que si no estaba yo irías con Erik.

—Otro día, ricitos.

—Otro día... ¿Valeria?

—uhum

—Te amo...

Silencio.

—Luego te veo, Harold —su voz no sonó como de costumbre sino más bien como aquella tarde en Italia cuando su abuelo murió, pensaba en luciérnagas y fumaba: sin vida. Y no sé qué dolió más, que saliera con uno de mis mejores amigos o que no saliera un te amo de sus labios.

4 de julio, me pregunto si se acabó el amor o..., ¿alguna vez existió? La angustia en el pecho crece y con ella Valeria se aleja.

VAMOS, MIENTE UNA VEZ MÁS

El cine, la biblioteca, desayuno los domingos, ir en bici al parque ¡¡Ella ni siquiera sabía montar en bicicleta!! Uno de mis mejores amigos me odia y de repente mi novia prefiere pasar el poco tiempo libre que tiene con él; podrán pasar mil años y nunca comprenderé cómo funciona la mente de Valeria ¿lo peor? Todo era mi culpa, no tenía la carta de la víctima pues todo esto lo causé yo y nadie más que yo. No sabía qué pensar, no tenía cómo saber si ella lo sabía y Peter comenzaba a sospechar.

—Escúpelo —pidió cortante y directo. Lanzó su mochila a un lado y se sentó en el respaldo de la banca donde yo estaba desde las dos últimas clases a las cuales no encontré el camino. La cabeza entre las piernas y el pasto como único paisaje, la frustración devoraba mi mente, me sentía como un claustrofóbico dentro de mi propio cuerpo.

—No sé de qué hablas, Pete —refunfuñé entre dientes y pocas ganas.

—Ya veo, quieres que sea directo ¿Qué rayos sucede contigo y Adler?

—No lo sé.

— ¿Tengo que preguntarle a él?

Suspiré cansado y levanté la mirada. ¿En serio lo haría? Claro que sí.

—Harry...

—Me odiarás si te cuento —arrastré las palabras, si normalmente hablo pausado en aquella ocasión, con ese tema a flote apenas y recordaba cómo articular más de tres silabas.

—Él..., él supo algo que no debí hacer, pero igual hice.

—¿Qué tan malo?

—Tanto como para hacer que hasta tú me tengas asco.

— Inténtalo.

Quizás, de cerrar los ojos lo bastante fuerte todos mis problemas se resolverían por arte de magia; es que, no era capaz de dar la cara como un hombre. Sin más lo dije, dije lo que hasta hoy en día catalogó como mi peor error. ¿Saben algo? siempre creí que esas cosas del karma no eran más que locuras de Val para defenderse o salirse con la suya, pero esa tarde comprobé que era mucho más real de lo que pensaba cuando al levantar la vista encontré a Erik y antes de decir algo lo siguiente fue su puño estrellándose en mi cara, sosteniéndome por el dobladillo del cuello de mi camisa azul a cuadros entre sus manos. Peter interponiéndose. Palabras de odio por parte de Erik..., así fue como mi mundo comenzó a caer en pedazos ¿no lo hizo hace semanas atrás? sí, pero hace semanas atrás era todavía capaz de mantener la mentira a flote.

Esperé durante todo el día la llamada de Valeria, pero nada, hasta que a las ocho de la noche golpeó la puerta y entró con una pizza en manos ¿no sabía la verdad? era yo quien no sabía qué esperar.

—¿Qué haces? —le pregunté midiendo cada una de mis palabras.

—¿Qué no es obvio? —dijo y negué sincero sin encontrar una respuesta—. Pues al parecer la única forma de ver a mi novio es llegar con comida, no creí que fuera a funcionar, pero aquí estás.

Dejó la caja en la mesa de centro y volvió a mí —que aún seguía de pie junto a la puerta— tomó el picaporte y dejó el seguro puesto, rodeó mi cuello con sus brazos y me besó como solo ella sabía hacerlo: apasionada y juguetona. No existía nadie sobre la tierra que me hiciera sentir lo mismo que ella lograba con tan solo uno de sus besos... y quizás para el día siguiente a la misma hora eran muchas las posibilidades de no tenerlos. Guardó apenas cinco centímetros de distancia y susurró cuanto me había extrañado en los últimos días, no preguntó sobre mi ojo morado y supuse que Erik ya se había adelantado, pero no era tan valiente como para preguntar qué versión ella sabía. "Pregúntale a ricitos" fue, lo que, según ella, Erik le contó.

—¿Harry? —estaba en el sofá con las piernas cruzadas, jugaba con el collar de alas que Mel le había regalado antes de partir: ella tenía una y Mel la otra; algo de gemelas.

—¿Sí? —dije. Dejé las latas de soda al lado de la pizza y tomé un puño de botanas del tazón al otro lado. El DVD reproducía la sexta película de Harry Potter: Harry Potter y el Príncipe Mestizo mientras yo jugaba con su cabello. Valeria era gran fanática de la saga y esa en particular era su parte favorita ¿por qué? pues, da la casualidad que aunque mi novia nunca había dicho antes lo que ella califica como la palabra con "A" (amor) y mucho menos se consideraba así misma del tipo romántico, se aferraba con fuerza a su almohada favorita en cada una de las escenas entre Ginny y Harry; por más que pregonaba ser fuerte y sin sentimientos lloraba cada vez que leía Bajo la misma estrella de John Green, un dato: lo ha leído más de diez veces.

—¿Te enojaste el otro día? ¿Por lo de Adler? —preguntó.

—¿Debía enojarme?

—Así sonaste.

Giré hasta quedar frente a ella, atrapé su rostro entre mis manos y por unos largos segundos rebusqué en sus ojos, pero no había nada, al menos nada nuevo, pero ella era buena ocultando sus sentimientos por lo que cuando se lo proponía era capaz de ser un papel en blanco ante mí. Quería decir tantas cosas y al mismo tiempo nada; quería callar y mantenerla a mi lado para toda la vida; quería dejar de ser tan cobarde y decirle la verdad pues sabía que era lo correcto y lo que ella merecía. Y lo intenté, pero sus labios asaltaron los míos y dijo eso que nunca creí posible, no en aquel momento mientras Dumbledore moría y mi conciencia se lamentaba:

—Te amo.

—Val.

Sus ojos me miraban con alegría, curiosidad, entusiasmo y un sin número de emociones que no sabía ella era capaz de expresar. Mi corazón dio un vuelco de 360 grados, ida y vuelta donde mismo estaba, la abracé como jamás lo había hecho y lágrimas amenazaban con brotar de mis ojos.

—Valeria... —sujeté sus hombros y volví a clavar mis ojos en los suyos— pase lo que pase y haga lo que haga prométeme, no, júrame que jamás olvidarás cuanto te amo. Júrame que siempre tendrás presente que eres y siempre serás la única mujer que he amado en toda mi vida.

—Harry...

—Júramelo.

—Lo juro, ricitos.

El resto de la tarde se hizo borroso, tan solo puedo recordar sus caricias en mi espalda, los besos que dejé entre sus piernas y como terminamos en la cama, poniendo en vergüenza a la distancia y sus conceptos. Durante aquel momento, quise limitarme a existir entre sus brazos y pretender que el único dolor que alguna vez podríamos sentir eran las mordidas que nos regalábamos en aquel instante.

¿Debí sentirme horrible de tener su cuerpo desnudo acurrucado junto al mío, de compartir la misma la cama, sábanas y solo Dios y nosotros sabemos qué más? Sí, sí me sentí lo peor del mundo, pero bajo sus besos el escaso razonamiento que tenía desaparecía.

Y eso, es lo último que recuerdo del ocho de julio.

—¡¿Cómo pudiste hacerlo?! —segunda paliza que Erik me propinaba en la cara. Andrew y Peter hicieron que nos reuniéramos en la casa de Andrew para "arreglar nuestros asuntos" he de decir que aquel fue el peor momento por el que pasamos desde que somos amigos, peor que la primera vez que tuvimos que viajar por navidad lejos de los demás, peor que la vez cuando Peter chocó intentando aprender a conducir y terminó internado por cuatro días dándonos un susto de muerte a todos, mucho peor. Jugué con la chica a la que mis amigos consideraban su hermana, la hice mía e hipotéticamente seguía jugando con ella.

—¡Así no resolveremos nada, Erik! —reprochó Andrew apartándolo de mí.

—¿Cuándo dejarás de defenderlo? Harry ya no es un niño, no es lo mismo defenderlo por robarse un caramelo en la tienda de dulces a tratar de justificar el hecho de que está jugando con Valeria, con la chica que amo como si fuera de mi propia sangre y para colmo se acuesta con ella como si no fuera ya suficiente.

Miré a Peter en busca de refugio y lo que obtuve fue:

—Lo siento, hermano. Esta vez se te pasó la mano.

¿Cuándo llegaría el día en el que Harry Edward Cross sentara cabeza y se preocupara por alguien más demás de él? Así, ya ocurrió y metí la pata en el proceso.

— Créeme que no puedes odiarme más de lo que yo lo hago, no miento cuando digo que en serio la amo. Todo comenzó como un juego, pero quedé atrapado y ya estoy pagando por ello.

—Somos como hermanos y sabes que te aprecio mucho pero no es igual que cinco o seis años atrás, Harold. De lo que realmente deberías preocuparte es qué le dirás a ella...—"No, no, no, no, no, no" grité histérico en mi interior—. Le conté todo. Lo siento, pero es lo menos que pude hacer. Los quiero a ambos por igual, pero Valeria era la línea y la cruzaste.

—Descuida, de todas formas, llevo más de tres meses practicando frente al espejo qué le diré —dije acompañado de una lamentable sonrisa.

—Está enamorado, pero sigue siendo el mismo idiota —dijo Adler quien estaba sobre la mesa desde que llegamos devorando una bolsa de galletas.

—Aprendí de los mejores.

—No. Este patán —se señaló así mismo— no jugaría así con alguien como Vali —¿Vali? ¿Desde cuándo le dice él "Vali" a mi Val?

—¿Y por qué no fuiste tú tras ella? —el enojo que guardaba al respecto desde días atrás salió sin pensarlo.

—Porque sabía lo mal que ella te trae desde que llegó y porque no puedo quererla más que como una mejor amiga. La amo demasiado como para ser tan estúpido a arriesgarme intentando algo más para terminar perdiéndola...

—Chicos... —era Peter el que intervenía en esa ocasión, pero las palabras comenzaron a subir de tono y cosas que jamás creímos ser capaz de decir fueron dichas.

—¡Basta! —y lo impensable ocurrió: Peter Wright alzando la voz como nunca antes, nunca lo había visto tan enojado— Está claro que todos, incluyéndome, quieren matar a Harry, pero el desgraciado sigue siendo nuestro hermano —lo sé, muy serio no sería Peter; todos en la habitación sonreímos de lado ante su expresión— pero aporreándolo no se resolverá nada, Erik ya dijo que es lo que debe hacer y creo que todos estamos de acuerdo. ¿Harry?

—¿Tarde o temprano tenía que llegar el día en que diera la cara como un hombre, ¿no?

Esa tarde del nueve de Julio intentamos olvidarlo todo al menos cuanto pudimos. ¿Algo bueno de nuestra amistad? no importaban las cosas que nos dijéramos, cuantos puñetazos nos diéramos entre sí, al final del día terminábamos echados en la alfombra, un tiempo atrás con jugo de manzana, unos más con sodas y ahora con cervezas.

Respiré profundo, inhala y exhala... mis pantalones seguían arriba y las manos no paraban de temblar: hora de la verdad. Pasos se escuchaban cada vez más cerca de la puerta, ella era la única en casa, Erik se aseguró de eso.

—Tú —dijo.

—Antes de que azotes la puerta en mi nariz o digas palabras que, aunque sé que no entenderé serán muy fuertes deja que hable contigo, por favor.

La verdad es que no esperaba que accediera por lo que mis ojos se abrieron de par en par cuando abrió por completo la puerta y se echó a un lado.

—Tienes cinco minutos.

—Te amo.

—Y eso te deja con cuatro.

—Sé que me odias, que no quieres saber nada de mí y no te culpo, pero debes saber que aunque todo comenzó como un juego nada de lo que te dije, ni uno solo de los te amo fue falso y jamás lo será porque de verdad te amo, quedé jodidamente enamorado de ti así que supongo que este es mi castigo. Tan solo soy un poco hombre que no sabía cómo hacer frente a sus sentimientos y luego llegó está estúpida oportunidad y no dudé en tomarla porque así de burro soy; quise deshacerlo pero tú apareciste el día de San Valentín con un supuesto novio cuando yo me partí la espina buscando tus rosas favoritas, un restaurante con decente comida vegetariano y cuando llegué a la universidad tu compartías saliva con un desconocida y sabes que soy impulsivo, al igual que tú, me enojé y decidí seguir adelante con el juego porque soy un maldito orgulloso. Pero después estabas tirada en cama, con fiebre y toda en enferma, dijiste que Dylan no era nada serio y antes de pensarlo te estaba pensado ¡No pienso a tu lado!

—Tres minutos —esa noche hablé más rápido de lo que nunca lo he hecho.

—Caíste en todo eso de lo te abuelo y decirte tan solo sería peor... no podía hacerte eso. Cada día buscaba una manera de decirte la verdad, pero el miedo a perderte de manera definitiva era mayor y callaba.

—Dos minutos.

—Te amo, Valeria Alessandra D´Amico. Te amo como jamás he amado a nadie y jamás lo haré porque de la forma en la que te quiero es sobrenatural. No te pido que me perdones, pero...

—Tiempo —dijo tosca. Su mano estampada en mi cara y lágrimas brotando de sus ojos. Pocas veces la he visto llorar y todas por un solo motivo: dolor, angustia, traición. Aquella vez lloraba frente a mí y era por mi culpa su dolor.

—Espero que estés feliz, ganaste tu estúpida apuesta. Tu orgullo sigue intacto, Cross. Espero que estés satisfecho. Caí como una desgraciada y maldita tonta a tus pies ¡Fui tuya, Edward! Así que puedes salir a pregonarlo por todo Londres si se te antoja. Ahora por favor desaparece de mi vida, haz de cuenta que todo este tiempo tan solo lo gastaste con otra puta más y olvida que existo. Si de verdad me *amas* aléjate de mí.

Mis lágrimas se unieron a las suyas, juro haber escuchado nuestros corazones caer trozo por trozo en la habitación. Fui capaz de ver mi vida irse al carajo. ¿Lo peor? Aún la amo. El día que más temí llegó y no tenía cómo pararlo...

Once de julio, todo acabó.

¿CREERÍAS SI TE DIGO QUE TE ECHO DE MENOS?

No sabía con exactitud cuánto tiempo ha pasado, con dificultad supe si el sol quemaba como lo hacía meses atrás, pero de una cosa estaba seguro y es que no era el mismo. Cada paso que daba, cada lugar a donde veía el maldito recuerdo de Valeria me torturaba y vivir un piso arriba no ayudaba de mucho; Erik sigue frecuentando conmigo, no de la misma forma, pero sí trata de hacerme saber que, aunque he sido el peor, seguíamos siendo amigos, no le culpaba por la distancia que nos dividía, era mi culpa y estaba al tanto de más cuánto quería a la castaña. ¿Lo peor? Me sonreía cuando nos topábamos al recoger el correo, como si nada hubiera pasado; como si jamás nos hubiéramos conocido y no llevábamos más que una simple relación de vecinos, de esos que encuentras en el mercado y sonríes por ser cortés.

La extrañaba.

Ayer la vi almorzando con este chico, Marcus, según dijo Erik, decidió que no interferiría más entre nosotros, no, no es que cortara relación con los chicos y haya cambiado a como era antes, sino que tan solo cambió con quien ir almorzar y me tocaba soportar verla con alguien diferente cada dos o tres días comiendo la comida vegetariana que solo ella era capaz de comer y que solía comer conmigo. La extrañaba tanto.

— ¿Fiesta esta noche? —preguntó Peter lanzándose en el sofá.

—Me anoto —respondió Adler zambulléndose en los cojines a su lado.

—Hace rato que no salimos —agregó Andrew con un tazón de papas fritas en las manos.

—Vayan ustedes —apenas respondí hundido en el sillón de la esquina, ese que daba a la terraza, donde solía quedarme dormido los días de lluvia con ella acurrucada entre mis brazos. Valeria amaba ver la lluvia caer, en realidad amaba más salir, pero cuando no la dejaba bajar a bailar en medio de la calle se conformaba con ver desde el otro lado del cristal cubierta con una frazada tomando café caliente —aún sigo sin entender como la cafeína podía calmarla más rápido que un té de manzanilla— acurrucada bajo la tibiez de mi cuerpo.

—No puedes quedarte así por siempre, Harold —dijo Peter con voz queda.

—Solo mírame —farfullé sin mirarle. Claro que no bastó mi palabra, cuatro horas más tarde entre los tres me hicieron entrar al auto. Al llegar nos esperaba Erik, sin Valeria, no sé por qué guardaba la esperanza de verla si de todos modos al ir junto a él estaría bailando con alguien más, destrozando lo poco que quedaba de mi corazón.

La extrañaba tanto...

No negaré el anhelo de ser al menos amigos, de tener una brecha de volver llegar a ella, pero nada, me convertí en un total desconocido para Valeria. Para mi sorpresa al cuarto de media hora Val llegó al antro donde estábamos, saludó a los chicos, bailó con ellos. Como si nada hubiera pasado. Pasé toda la noche en la barra exigiendo más del alcohol que era capaz de digerir, muriendo mientras ella bailaba en la pista con Marcus; torturándome con el recuerdo, ese en el que aún significaba el mundo para ella, de hecho no tengo con qué afirmarlo pero creer que meses atrás fui su mundo disminuye el dolor...otras lo aumenta pero es esa clase de dolor que vale la pena; ese recuerdo en el que ella volvía sofocada por tanta agitación, tomaba sin consideración de mi trago y me sacaba a bailar sin importar cuán mal lo hiciera. Ninguno de los dos sabía cómo.

—Lo siento, amigo —dijo el cantinero con voz tosca— un trago más y revocan mi licencia.

— ¿Licencia? ¿Me vas a decir que hay licencia para esto? —carcajeé incrédulo. Su mirada de intimidación no hizo más que hacerme reír. Estaba ebrio, como jamás lo había estado antes.

—E-es-escucha —articulé con un poco de problema— claramente soy mayor de edad, un potencial cliente, te aseguro que nadie a excepción de mí saldrá herido así que, si gustas, deja un par de botellas cerca. ¿Ves? Te facilito el trabajo —puntualicé moviendo las cejas de arriba abajo, una sonrisa estúpida en los labios y todas las ganas de morir sobre mí.

—Ve a casa muchacho —quitó el vaso de cristal de mis manos, dio media vuelta y prosiguió limpiando copas. Se preguntarán dónde se encontraban los chicos. Quería estar solo y eso, ellos lo entendían a la perfección.

—TAN SOLO QUIERO UN MALDITO TRAGO ¡¿TAN DIFÍCIL ES?! —pude haber salido con un ojo menos esa noche de no ser por una castaña en el medio.

—Basta —sonó más pasiva de lo que ameritaba—. No pasa nada — se dirigió al cantinero quien volvió a lo suyo no sin sisear una que otra maldición. Clavé la vista a la copa que le arrebaté como si fuera la octava maravilla del mundo; avergonzado, dolido... ¡maldición! En serio debía reanalizar mi vida.

—Harry...

—No. No necesito tu lastima, Valeria —arrastré las palabras, el labio inferior temblaba y el pulso amenazaba con fallarme. Tragué en seco. Desearía decirles de dónde diablos saqué el coraje para mirarle. Hoy en día sigo sin saberlo. Sus ojos marrones, esos cálidos ojos que me observaban vidriosos; esos dulces ojos que he amado desde el invierno en que llegaron a mi vida.

La extrañaba.

—No pretendo darte mi lastima...Ve a casa.

A la mañana siguiente me arrepentí de las palabras que dije, pero después de todo estaba ebrio, iracundo... muriendo: —Déjame en paz. No tienes por qué preocuparte por mí —tan pronto como lo escupí sentí el rostro arder.

—Eres un maldito —farfulló con fiereza—, ahora levanta el trasero y ve a casa —fue más una orden que una súplica.

Me puse en pie abruptamente quedando tan cerca de ella como ya no tenía permitido, respirando su perfume favorito, tan cerca como para saborear sus labios sin siquiera tocarlos del todo.

—No-quiero-tu-lástima.

— ¿Cuánto le debo? —me ignoró del todo. Pagó mi cuenta. Giró de nuevo hacia mí y sin avisar introdujo la mano en el bolsillo de mi pantalón y confiscó las llaves del auto— Después de ti, Harry.

Quería llorar como un niño pequeño, hacer berrinche hasta que volviera; quería, no, necesitaba de ella.

— ¿Recuerdas lo que me juraste? —rompí el silencio de camino en el primer semáforo. La luz del vehículo era escasamente tenue, lo cual agradecí pues sabía que en cualquier segundo las lágrimas asaltarían mis mejillas. Negó sin decir palabra alguna—. Juraste —proseguí—, que sin importar lo que hiciera no olvidarías cuanto te amo —una sonrisa irónica poblaba mis labios.

—Recuerdas muy bien para estar ebrio.

—No podría olvidarlo, aunque esté drogado. ¿Lo recuerdas?

—Cualquier cosa que haya dicho quedó nulo en el momento que te convertiste en un desgraciado.

—Oh no, Val —giré sobre el asiento justo frente a su perfil— siempre fui un desgraciado y lo sabías.

—Fui ingenua. ¿Podemos acabar el viaje en silencio?

—Juraste no olvidar que te amo, no importa lo que hiciera.

—Veo que el silencio no es una opción.

—Te amo —frenó de golpe. Habíamos llegado—, sé que me amas ¿o cómo explicas el que estés aquí, ahora?

—No porque te desprecie vaya a dejarte morir en la autopista, además el auto es muy lindo como para enviarlo al mecánico.

—Valeria.

—Harry.

Me levanté del asiento y corté toda distancia existente entre ambos, sujeté una vez más su rostro entre mis manos. Sólo Dios sabe cuánto extrañaba sus labios. Golpeaba con insistencia mis hombros y mientras más golpeaba yo más insistía en besarla. Tenía dos opciones 1) recibir un fuerte golpe en las partes nobles y, 2) que se cansara de luchar y cediera. He de ser honesto, esperaba la primera opción. Sus brazos pronto se aferraron a mi cuello, su perfume me inundó, pero sus labios... ¡maldición la extraño! Así de cerca de la perfección hasta que...

—No... —alcanzó a decir sobre mis labios. Retiró el seguro, recostó la cabeza en el respaldo del asiento y cerró los ojos con fuerza.

—Te amo..., no hay segundo que pasé sin lamentar lo que hice. Te extraño.

—No puedo hacer esto, ricitos —sonreí melancólico, aunque a sabiendas que no existía más que tristeza. Posó una mano sobre mi mejilla, la acarició igual con melancolía y sonrió, pero no como solía hacerlo: estaba rota. Yo la rompí.

—Hora de avanzar —susurró. Alcancé a hacer un mohín en respuesta, no valía la pena retener un minuto más las lágrimas.

— ¿Solo así? —suspiré.

—Sólo así —resopló—. Hazme un favor y mantente alejado de la barra, odio decirlo, pero eres mucho mejor sin alcohol en la sangre...

—Bella...

—...y no me busques.

Besó mis labios, sin embargo, a diferencia de tantas otras veces ese en particular sabía a despedida. Sentí mi corazón encogerse, las piernas débiles, como las lágrimas ahora empapaban tanto sus mejillas como las mías. Me esforcé en recordar el aroma de su cabello o el sabor de sus labios, pero la desesperación interfería con ambos, la angustia de no volver a verla mataba... soy un maldito masoquista: no la tendría, ya no sería mía y aun así recibía el último de sus besos.

Un *"te amo"* quiso ser libre, no lo permití pues aprendí que no valdría cuantas veces lo dijera, nada que pudiera hacer la devolvería a mí.

Maldita sea la necesidad de respriar que nos obligó a seprarnos en busca de aire. La sostuve tanto como pude, igual no sirvió. El reflejo de su sombra fue lo último que vi desde aquella noche; no volví a verla desde entonces...

Veinte de julio..., la última noche que la vi.

TORN

Dicen por ahí que ciertas cosas no se repiten dos veces, el amor es una de ellas y por ahí me refiero a mamá y Emma; no perdieron la oportunidad de reprocharme por perder a Valeria. Mi culpa por no omitir detalles. No he visto a Valeria desde la otra noche en el estacionamiento, no la volví a ver con los chicos o a la hora del almuerzo, tampoco en el campus o con Marcus...toda una semana sin saber de ella, quizás se deba a que yo tampoco estoy yendo a clases.

—Suficiente —Peter entró encendiendo las luces.

Nota mental: reconsiderar la idea de darle copia de la llave.

Tres voces se unieron a él ¿en qué momento se me ocurrió que darles copia a los salvajes era una buena idea? Cosas que hago sin premeditarlo. De las tantas tradiciones que teníamos una de ellas eran las famosas "intervenciones" he de admitir que interveníamos por la más mínima estupidez como en el examen de conducir de Peter o el final de algebra de Erik en el que a Adler se le ocurrió activar la alarma de incendio...que fueran ideas no las cataloga por buenas; este no era el caso.

—No puedes seguir así, Harold —Erik, que se sentía más cercano y un tanto culpable, no entiendo por qué, pero de alguna forma he de pensar que quedó en el medio de Valeria y yo, se lanzó en la cama a mi derecha. Apagó la televisión y revolvió mi cabello. Hacía su

mejor intento. Los demás lo imitaron amenazando con arrastrarme fuera de la cama.
—Estoy bien chicos, en serio —mentí, sin ánimos.
—Dos días sin ir a clases en cerrado en tu habitación viendo viejas películas animadas no es la mejor definición de estar bien —contraatacó el rubio.
—Hora de seguir adelante —lo secundó Peter. Como si fuera tan fácil.
Sentía que mi corazón era succionado por un hoyo gusano sin oportunidad de hacer algo para defenderlo; sentía miedo de no salir en el vacío que estaba...la extrañaba. Odiaba no poder odiarla, no tener el valor de olvidarla y seguir con mi vida. Quería preguntarles por ella, todavía no alcanzaba ese nivel de masoquismo.
Suspiré cansado en busca de una buena excusa.
—No he dejado las clases —dije—...cambiaré de carrera, es todo.
— ¿Así? ¿Cuál? —entre la espada y la pared gracias a Andrew —Harry...
— ¡No miento! Hace días que vengo pensándolo —mentira— aún no sé con exactitud por cuál...trabajo en eso.
—No tienes nada —afirmó Erik.
—Nope. Antes de fin de semestre se me ocurrirá algo.
No lo conseguí, no para ese semestre.
Los chicos tenían razón, no podía ni debía seguir así. Valeria no es la clase de mujer que encuentras dos veces en tu vida, pero era hora de crecer y afrontar las consecuencias, ella —de alguna forma que no pretendo averiguar— supo cómo continuar con su vida sin mí y eso estaba bien, yo no sabía cómo más debía hacerlo sin importar qué; existe una delgada, casi indivisible, línea entre la realidad y la ficción, mucho más débil entre lo que pienso hacer y lo que resulta...un día después la vi, no lucía como ella. No lucía como mi Val.
Decidí salir del confinamiento al que me obligué, mis "vacaciones" no parecían tener fin, estaba aburrido y antojado de tacos lo cuales Valeria, aunque no fuera exactamente buena en la cocina, solía

preparar: me obligaba a comerlos con queso por lo que me tocaba preparar un bol de carne sin que lo notara. Era una vegetariana un tanto fuera de los bordes. Esa tarde ella no estaba para preparar el desastroso pero adorable intento de tacos con queso, no estaba y no creo que vuelva. Al salir divisé el cielo gris y la temperatura demasiado baja para ser verano, corrí de vuelta al edificio por una chaqueta y poder volver a retomar el camino; es curioso que una hora después de dar vueltas terminé sentado en la acera con un tarro de helado en las manos, era entonces cuando todo terminaba en Valeria, ella solía disfrutar más el helado en días lluviosos y nevados. Las nubes crujieron sobre mi cabeza, la lluvia se abrió paso, pero no me importó.

— ¿Puedo? —preguntaron. Estaba muy preocupado en el fondo del tarro como para identificarla.

—Seguro —respondí.

—Sabes... —comenzó. Mi cuerpo se heló al reconocerla, más que con el helado y la lluvia— nunca creí que te encontraría aquí, no así, más si sacamos a colación que decías que estaba loca por comer helado en pleno frío.

— ¿Qué puedo decir? Estoy tocando fondo, Val.

—Harry...

— ¿Por qué me haces esto? —giré hacia ella— ¿por qué torturarme así?

—No es como que pueda dejar de existir.

—No pido que lo hagas...—arrastré las palabras.

— ¿Entonces?

Suspiré frustrado. ¿Cómo dejas de amar sin sacarte el corazón?

—Dentro de poco será tu cumpleaños —intenté cambiar de tema. Ella tan solo alcanzó a asentir, media luna se formó en sus labios. Algo no andaba bien— ¿Ya sabes que harás? —insistí— Seguro Erik traiga a Mel...

—Me voy... —susurró.

— ¿Qué?

— ¿Recuerdas que no quería esa carrera? Pues, ya encontré lo que quiero hacer.

Sentí una presión en el pecho difícil de explicar; no podía dejar de existir, pero sí irse lejos, en ese momento no supe que era peor: ¿El dolor de verla y no tenerla o perderla por completo? Las palabras no encontraban ruta de salida, mis labios temblaban bien sabe Dios por retener las lágrimas, no la tendría más y eso, eso era peor que cualquier otra tortura que fuera capaz de imaginar.

— ¿Y qué es? —logré preguntar.

— ¿Tu qué crees? —dijo y no hizo falta más, la conocía lo suficiente para saberlo.

—Pintura —dije, una escasa sonrisa en el rostro pues, aunque tenía miedo de perderla estaba feliz por ella— ¿Qué dijo Erik al respecto?

— ¿Decir? El chico casi sufre un infarto —bromeó—. Créelo o no Erik Malik está de acuerdo. Supe que ahora eres tú el que no sabe qué hacer con su vida.

—Lo lamento mucho —solté sin pensarlo.

—Lo sé.

—Entonces no te vayas.

—Es algo que tengo que hacer.

La lluvia cada vez era más fuerte, el cabello se adhería a nuestros rostros y con dificultad se veía algo más, la calle quedó sumergida en un gris borroso y frío..., agradecí al cielo por el buen clima o de otra manera mis lágrimas se hubieran delatado. He de ser el hombre más llorón del planeta, sé que lo piensan, pero ella vale cada lágrima que derramé.

—Te amo... —abrí los ojos de par en par al notar que no fui el único en decirlo. Sus mejillas estaban más rojas de lo que solía recordar y de no conocerla tan bien puedo jurar haber visto sus ojos aguados. ¿Pero, si me amaba por qué se iba?

—Es gracioso, podría contar con los dedos las veces que me haz dicho tal palabra.

No quería verla a los ojos, no contaba con el valor para ver esos ojos que tanto amaba.

—Te besaría —dijo, sorbió la nariz y sonrió como pudo— pero es hora de que deje eso en el pasado.

—No me opongo si quieres uno para el viaje.

—Volvería a esta ciudad por uno solo Harry, pero no puedo. Es tiempo de que cada uno siga con su vida....

— ¿Y si no quiero hacerlo?

— ¡Por favor! Eres Harry Edward Cross, puedes hacer lo se te antoje...

—Hablas como si fuera la gran cosa...

—Más de lo que piensas.

—Promete que no te olvidarás de mí —pedí.

—Promete que seguirás con tu vida.

Quédate conmigo. Cambiaré, lo prometo. No será lo mismo si te vas... Tantas cosas para decir y no dije ninguna de ellas. Una vez más estaba en la misma desastrosa situación: extrañándola como el desgraciado que soy. ¿Debería ir al aeropuerto? ¿Para qué? ¿La verdad? Sigo siendo el mismo orgulloso de siempre incluso aun tratándose de ella. No sabía que decir, no encontraba las palabras adecuadas, pedí que no se marchara, pero no funcionó, entonces ¿Si eso no ayudó que lo hubiera hecho? Nada. Los minutos se desvanecían como arena entre los dedos, la lluvia no dejaba de caer y en lo único que era capaz de pensar era cómo sería todo en su ausencia, si la vería de nuevo...si tendría el coraje que reemplazarme o yo la valentía de amar a otra mujer como llegué amarla. Ella tal vez sí encontraría alguien mejor que yo, honesto, para nada orgulloso...otro hombre que la amara como merece; yo jamás sería capaz de encontrar otra mujer igual a ella. Lo curioso de todo es que ambos estábamos básicamente igual de rotos, el mismo dolor sólo que distribuido en proporciones desiguales. Su cabeza descansaba sobre mi hombro y mi brazo se deslizó a su alrededor, no importaba si el termómetro marcaba bajo cero, a su lado siempre sentí calidez, me sentía completo...amado.

No quiso decirme a donde iría, se limitó a decir que sería dentro de cuatro días, así es, para su cumpleaños. Irónico, meses atrás me preocupaba de no durar más de treinta días con ella y ahora no estará para lo que sería su primer cumpleaños en Londres con los chicos, conmigo. Pero soy tan masoquista que no interesó saber que no la tendría en cuatro días más, estaba en mis brazos una vez más y eso, me bastaba para ser feliz.

22 de julio, pesa el corazón.

CORAZÓN AL DESCUBIERTO

Sentado en el tercer escalón, la cabeza entre las piernas, el corazón hecho polvo y el alma incompleta. Era como si pudiera escuchar las turbinas del avión arrancar, como guardaba las enormes ruedas, inclusive sentir la turbulencia; quería estar ahí con ella. Pude detenerla, decirle cuánto la amaba, lo mucho que la necesitaba...no lo hice. Podría hacer como los chicos en las películas y libros e ir por ella, correr hasta el aeropuerto y, aunque es imposible llegar de tal forma, a pesar de que mágicamente ellos lo hacen y siempre llegan a tiempo, detener la fila de migración, besarla con pasión y gritar como lunático que la amo con desesperación; podría, también, tomar otro vuelo y esperarla, si supiera a donde iba claro. En las películas funcionaba, pero no estaba ni en una película o un libro romántico, era la realidad, donde meto la pata por desgraciado y ególatra, pierdo a la mujer que amo y termino sentado en la escalera de incendios sin nada mejor que hacer.

—Allí estás —dijo Andrew, aliviado.
—Aquí estoy —dije sin levantar la cabeza— Creí que irías al aeropuerto.
—Sabes que no me gustan las despedidas. Anoche estuve con ella —pausó—. Pidió que te diera esto.
Muy tentador para ignorarlo. He de admitirlo, mis latidos fueron de ida y vuelta al cielo, sentí esperanza...sí, todo con tan solo una

simple oración. Levanté la mirada. Un USB ¿Valeria me dejó un USB?

— ¿Qué es eso? —pregunté atónito.

—Es obvio ¿Faltar a clases te hizo más tarado de lo usual o qué?

—Dame eso —arrebaté el pendrive de sus manos y me puse en pie, de prisa hacia el departamento.

— ¿No me invitas? —gritó varios escalones atrás.

— ¡No!

Cerré la puerta con fuerza, busqué como loco una maldita laptop. Las manos me temblaban como nunca, tropezaba con los muebles según avanzaba —Sí...—suspiré al encontrar el computador. Me tiré en la cama y tan rápido como me fue posible lo conecté.

"Maldición ¿Cómo demonios sé que está grabando" sonreí al escuchar su voz *"listo"* estaba sentada en la alfombra sujetando un pequeño gato felpudo que le regalé el segundo mes que estuvimos juntos? Sonreí torpemente. Después de todo significaba algo para ella. *"Harry"* dijo seria frente a la cámara *"Si estás viendo esto es 1) porque alguno de los dos metió la pata o 2) Erik te contó que me voy. Cualquiera de las dos, y si en la primera fui yo, lo siento. No soy el tipo de chica que se enamora, dice cosas lindas y románticas, prepara cenas de aniversario o da sorpresas de ese tipo...pero si algo hice bien, fue amarte; sé que tal vez no lo demostré como era debido, pero tú, maldito ególatra romántico y sexy de cabello rizado perfecto, tú te ganaste mi corazón. Ni siquiera sabía que quedaba algo de eso en mi"* sujetó el peluche con fuerza contra el busto, la voz y el labio inferior le temblaba...lloraba. "*Te lo advierto*" secó las lágrimas con furia en sus manos y risas en sus palabras "*le dices a alguien que lloré por ti y te mato. Lo que quiero decir es que, te amo y me asusta. Tengo miedo de quedarme más tiempo, creer en lo que sea que tengamos y que no resulte. He visto suficientes películas y leído bastantes libros para saber que mi vida no es como ellos lo pintan. Los finales felices no existen, Harry...y, aunque me haya permitido amarte, no soy tan valiente como para dejar que me*

ilusiones, no más de lo que ya lo has hecho. Tampoco soy lo bastante astuta para mantenerlo o valiente para aceptarlo. Y es que soy así: corro cuando no sé qué hacer..., lo siento..." el video se detuvo por pocos minutos, los más malditamente eternos de mi vida. ¿Eso era todo? ¿No había nada más? Me quedé ahí sentado sin saber qué hacer. Minutos iban y venían, pero, cuando acepté la realidad y me moví para apagar el computador su imagen salió de nuevo, a diferencia esta vez con el cabello recogido, unos jeans desgastados y el borde azul de, si no me equivocaba, esa blusa de tiras con un Panda garabateado al frente; hicimos un par juntos a comienzo de verano. Ojeras alrededor de sus bellos ojos, lo que parecía ser pasaporte y boletos de avión en las manos, detrás pude ver la maleta. Pete mintió: no lo había visto solo la noche anterior, no le dio el pendrive una noche antes, sino que horas antes de irse, minutos tal vez.

Sentí mi garganta volverse un nudo.

"No soy buena para esto..." suspiró *"necesito que sepas que a pesar de ser un maldito no me voy para alejarme de ti. Después de todo ambos somos unos malditos condenados sin descaro y ese es el asunto; tú no eres para mí y viceversa, es hora de aceptarlo. La cosa es que, te quiero mucho y la razón por la que me voy es...tengo sueños, Ricitos, y debo moverme para lograrlos, por más egoísta que llegue a ser jamás te pediría que me esperes o dejes tu vida para seguirme. Hay otra cosa que necesito que sepas y es que digas lo que digas y pienses lo que pienses no eres una mala persona. Eres alguien que cometió errores como cualquier ser humano. Yo ya encontré lo que me hace feliz, vuelve a clases y búscalo tú también..., ten una buena vida, Harry."*

Al terminar, la voz de Erik se escuchó avisándole que era hora de partir; sonrió tanto como pudo. No me engañaba, Valeria sufría tanto como yo ¿Por qué no se quedaba? No me importaba ser víctima del egoísmo si venía de ella.

¿Cómo mierda es que es siquiera posible amar tanto a alguien como yo amaba a Val? Jamás lo sabré.
Esperé durante todo el año para escabullirme en su habitación con globos de muchos colores, tarta de chocolate, música, todos nuestros amigos y gritar "feliz cumpleaños." En cambio, me encontraba tirado sobre la alfombra examinando el cielo raso como si fuera lo más maravilloso del mundo. Quizás pensaba más de lo que debía; quizás tenía que escuchar su consejo y seguir con mi vida, no. Es Valeria de quien se trataba, la chica rara, loca, complicada, refunfuñona y al mismo tiempo más simple que jamás he conocido; le gustaba hacerse la fuerte, sacrificarse por otros y relucir cada mínima falta sobre sí misma y, cuando no encontraba alguna, inventarla simplemente por no perder el punto ni la razón. Era Val, no siempre se podía creer en ella, hacer caso a lo que decía ni nada por el estilo: Valeria pocas, muy pocas veces decía cosas lógicas, sí tendía a decirlas en serio pero en lo que a ciertas cosas respecta era mejor llevarle la contraria, no importaba si se enojaba o dejaba de hablarte por semanas, su orgullo no era lo suficiente grande como para durar más tiempo ni su corazón conocía el odio para detestarte más de lo debido; era mi Val ¿por qué comenzar a escucharla ahora, justo ahora?

Tenía que averiguar a donde se había marchado. No es que fuera a hacerlo al instante. No pretendía armar la maleta y recorrer Europa tras ella; Valeria tenía razón en una sola cosa: era momento de hacerme cargo de mi vida. Y eso haría. El amor no es completo si se convierte en dependiente, perseguirla tampoco. Ella decidió ir por su sueño ¿por qué no yo hacer lo mismo? Parte de lo que soñaba no era más que estar con ella y no es que iba a buscar uno nuevo, tal vez un complemento. No pensaba perderla para siempre, eso, no estaba a discusión. De ninguna manera posible e inimaginable.
La amé, la amo y estoy totalmente seguro de amarla hasta que mis pulmones dejen ir el último suspiro y mi corazón el último de mis latidos. No me daba por vencido, no la dejaba ir o desaparecer de mi

vida; ambos necesitábamos un respiro, no me di cuenta hasta no tenerla. Tal vez debí despedirla, llamar al menos, pero, éramos nosotros dos, habíamos dejado más que claro que lo que sea que tengamos no funcionaba como otras relaciones normales, no se sujetaba a lo cotidiano ni dependía de la rutina. Éramos Val y Harry: raros, trastornados y un poquito desquiciados. Así era como funcionábamos y estaba bien.

26 de julio. Quizás, después de todo, no es el fin del mundo ni otra historia triste sumada al montón.

KARMA

Para finales de agosto recorría Londres de arriba abajo, jamás había conducido tanto en mi vida. No solo no era capaz de permanecer en la habitación cuando los chicos hablaban con ella por video llamada. Aún la amaba. Aún la extrañaba. Quería creer que podía vivir sin ella, pero estaba equivocado.

Después de tanto buscar, ir de universidad en universidad y horas sentado tras el volante, descubrí para lo que era bueno. La mañana del treinta y uno de agosto estaba dando el examen de admisión, una semana más tarde llegó el correo y con él, el resultado de la última decisión que tal vez tomé haciendo uso de mis facultades mentales.

—Vamos, ábrelo —dijo Peter. Más de treinta minutos observando el sobre color hueso sobre el desayunador. Andrew estaba con alguna nueva novia que solo Adler conocía, Erik en "video cita con Mel" y Adler, pues lo más seguro es que estuviera charlando con Valeria, ese par siempre tuvo una rara y retorcida relación y no, no estaba celoso. Eran como dos mejores amigos y aunque me diera rabia lo aceptaba, después de todo era yo quien se comportaba como un niño al no querer si quiera decirle hola por teléfono, mi culpa por seguir con el corazón roto.

Varios golpes y "hazlo" más tarde Peter fue quien abrió el sobre. Las piernas me temblaban, el corazón iba a mil millas por hora y sentía que cada parte de mi cuerpo sudaba como cerdo, aunque no estuviera sudando como tal; solía tener la misma sensación junto a

Val...Y ahí estaba, cada maldito pensamiento terminaba en ella y comenzaba a hartarme. Tenía una vida antes de Valeria y debía hacer algo rápido para recuperarla, no podía ni pretendía llorar toda la vida por ella. Si hubo mundo antes de Val, mundo habrá después de ella.

— ¡¿Y?! —pregunté ansioso, cerrando bajo llave y un montón de cadenas gruesas y oxidadas el recuerdo de la mujer que amaba.
—Pues... —Peter y sus pausas dramáticas, haciéndome pensar lo peor desde tiempos remotos y memorables—. Parece que tendré un amigo Arquitecto —cambió el peso de su cuerpo de un talón a otro— si lo miras he completado el combo, contigo y la carrera que llevan los chicos en un futuro seremos más que cinco borrachos en un bar. Seremos cinco borrachos con pesados títulos universitarios en un bar.
—Peter.
—Serás un Arquitecto ¡Te aceptaron grandísimo tonto!
Ese día sentí que la vida me sonrió de nuevo.

Valeria solía hablar mucho del Karma y la influencia del Cosmos en el destino de las personas, claro que pensaba que la pobre chica estaba loca, luego pasó lo que pasó, repasé las tonterías de las que me hablaba a medianoche y caí en la conclusión de que todo lo que me ocurría era un simple arreglo de cuentas entre el Karma y yo. Estaba pagando por jugar con ella, tal vez por todas las chicas con las que jugué alguna vez, era la explicación más razonable teniendo en cuenta lo mucho que sufrí...lo mucho que seguía sufriendo. El verano por fin terminó y con la llegada del otoño parte de mi vida tomaba forma y otra se empeñaba en volverme loco.
El veintitrés de septiembre salí a pasear a Jack —¿comenté que tenía un perro? Decir que el apartamento se sentía vacío sería mentira con los cuatro gorilas que de por si estaban más allá que en los suyos, aun así, me sentía solo. Decidí tener un perro en un intento de saber que era la responsabilidad, el plan era enderezar mi vida y comenzar

por ahí lucía fácil— y mientras él hacía de las suyas, no muy lejos vi a una chica con esas caderas que solo tienen las latinas y Val, mi Val. Su cabello era más largo, pero del mismo color, sus ojos eran más oscuros, pero aun así parecidos, pecas cubrían sus mejillas, pero no tantas, su nariz no era perfilada, pero lucía como ella y para no hacerles el cuento más largo, salí con Beth por un mes y tres semanas. Todo eso hasta que los chicos invadieron mi hogar con una "intervención" en lugar de una fiesta de Halloween. La única razón por la que salí con Beth era que tenía similitudes con Valeria, pocas, pero las tenía. Cuando creí ir por delante del Karma terminaba una vez más en un rincón con nada más que recuerdos.

Cervezas en el congelador, comida sobre la mesa y Andrew con un divertido delantal, por primera vez celebraríamos Acción de Gracias nosotros, sin dramas familiares, el delicioso postre de la madre de Adler o el exquisito pavo de mamá, el pie de limón de la madre de Erik ni la calabaza sorpresa de del padre de Andrew. Sería a nuestro modo y uno que otros platos voladores.

— ¿Seguro que estás seguro? —escuché a Adler preguntar de cuclillas frente al horno.

—Sí, he visto como mamá lo prepara por años. Tienen suerte o de lo contrario estarían comiendo comida china —respondió Andrew, muy confiado de sí mismo.

—Quemado o no, lo comeremos —declaró Peter— es nuestra primera cena de Acción de Gracias y será perfecta aun así los bomberos nos desalojen.

—Eso y que fuimos muy lentos para conducir a tiempo —carcajeó Erik.

Yo reía tomando ventaja con el pie de limón que preparamos luego de horas de intentos y dedos quemados— ¡iac! Esto sabe del asco —exclamé con mala cara.

— ¡Oye! Yo preparé el merengue de ese asqueroso pie —bufó Peter.

De alguna forma sentía que el tiempo había retrocedido y éramos los mismos chicos sin preocupaciones. Por primera vez sentía que todo estaba en orden. El pavo estaba a punto de salir del horno, la tarta de repuesto que Adler ordenó llegó (después de todo y con el pie apenas comestible tuvimos que buscar una forma de salvar el postre). De pronto el timbre comenzó a sonar con insistencia, corrí abrir con un bol de papas fritas en la mano y la más cálida sonrisa que no había tenido en meses.

— ¡Hola! —dijo alegre. El bol cayó sobre la alfombra al igual que la sangre a mis pies y el color de la piel. Lo único diferente en ella era el largo de su cabello castaño. Podrían pasar un millón de años y Valeria seguiría siendo la misma. Y justo cuando mis labios se curvaban en una sonrisa sincera, de esas que alcanza los ojos y el corazón, alguien dijo amor tras ella con dos maletas en las manos y acento francés.

LEGO HOUSE

Fueron tantas las cosas que sentí y quise decir. Fue tanto lo que quise hacer e incontables los puñetazos que deseé pegarle al tal francés ¿Quién se creía él para venir a mi país, al departamento de mi mejor amigo, sentarse a la mesa con nosotros, comer del pavo mal cocinado que preparamos y sostener la mano de mi ex? Ah, claro, él no era yo.

— ¿Valeria? —Erik salió al recibidor, puede que se mostrara sorprendido, pero no tanto para no saber que Val pasaría Acción de Gracias con nosotros y, si lo sabía ¿por qué maldición no dijo nada? ¿Por qué no me dijo que ya tenía novio? De saberlo hubiera conducido, volado o nadado a casa sin importar el clima afuera. Valeria soltó la mano del francés cuyo nombre no me interesaba conocer y brincó sobre Erik.

—Francia no es lo mismo sin ti —dijo, su voz temblorosa y ahogada. Se zafó de los brazos de Erik, aclaró su garganta y abrió los brazos tanto como pudo—. ¿Qué esperan? —dijo a los demás— crucé todo un país bajo nieve por ustedes así que más vale que vengan a abrazarme.

Media sonrisa triste y maltratada se asomó en mis labios deseando volver atrás el tiempo donde el francés seguía en algún lugar de Francia, no hacía ninguna estúpida apuesta y tenía los pantalones suficientes para mantener a Valeria a mi lado. Al separarse de los chicos y recolectar todo el aire suficiente para sus pulmones giró hacia mí, sus ojos me observaron de una manera que todavía sigo sin descifrar. No sabía si cargarla en brazos y susurrarle al oído cuánto lo siento, la amo y le había extrañado o tomar mi abrigo y correr hasta que la hipotermia me mate. Por eso, lo que pasó seguido me dejó sin palabras.

—Te eché de menos, rulos —dijo, aferrada a mi cuello. No titubeé un solo segundo, no me importó que su novio nos estuviera viendo. La abracé con fuerza contra mi cuerpo, me aferré a ella con necesidad...la necesitaba y estaba al tanto de que eso jamás cambiaría.

—Como si yo no te hubiera extrañado —dije en un susurro.

El tiempo se detuvo a nuestro alrededor dejándonos atrapados en una realidad donde solo existíamos ella y yo.

—El hecho de que ignoraras mis llamadas dice lo contrario.

El tono en su voz dijo todo menos que no le importaba. Huyó fuera de mis brazos a los de su acompañante. Sonrió en esa manera que solo ella era capaz y nos miró a los cinco mientras lo abrazaba a él con fuerza. Como ya se había hecho costumbre yo era el único sorprendido.

—Él es Thimotée —dijo.

He repasado con cuidado mis relaciones anteriores y de todas Valeria es la única que me hace sentir tan jodidamente celoso aún después de irse por más de cuatro meses.

Nunca empleé tanto la hipocresía como en aquella noche. Claro que los chicos no estaban sorprendidos, ellos ya lo sabían. No los culpo por no contarme nada, de saberlo yo tampoco me hubiera contado que el amor de mi vida había conseguido otro amor tan pronto...eso era ¿Cómo pudo rehacer su vida tan rápido? ¿Cómo lo hizo luego de decir que me amaba...? Si mi vida fuera una caricatura de seguro ya tuviera una bombilla brillando sobre mi cabeza, la respuesta estaba justo frente a mí saludándome con luces navideñas tratando de hacerse notar. No me olvidó, lo estaba intentando ¿Cómo no lo vi en cuanto llegó? Su mano aferrándose a la de él, esa mirada escurridiza que siempre usaba para zafarse junto a la típica sonrisa y los cambios de tema cada dos minutos. Valeria no me había olvidado. Valeria me amaba tanto como yo a ella, pero resultó ser tan orgullosa como yo.

Por más que la idea de ella haciendo todo lo que estuviera a su alcance por olvidarme, pegada a la esperanza de que todavía me amaba no fui tan fuerte para quedarme en la sala mientras "Thimotée" contaba la inolvidable historia de cómo conoció a mi exnovia. Tomé una de las tantas cervezas que Adler y Peter se encargaron de acomodar en el refrigerador y salí a la terraza, no estaba dispuesto de ninguna manera a ser parte del circo llamado acción de gracias, no con él ahí, no con las palabras que Val susurró en mi oído, que, aunque no fueran exactamente las que mi corazón deseaba escuchar fueron lo bastante fuertes para remover mi mundo por completo.

—Hola —dijo pausada abriéndose lugar junto a mí.

—Hola..., con que Thimotée —alargué las palabras más de lo que pretendía, pronunciar su nombre me causaba una indigestión peor de lo que lo hacía el pavo de Andrew.

—Yup. Es un buen chico.

Asentí.

—Harry...

—No estaba listo para responder tus llamadas, eso es todo —dije, adelantándome a su pregunta.

—Adler me contó que conociste a alguien.

—Y no funcionó —di una mirada rápida adentro— no tanto como lo tuyo con él.

—También supe que te cambiaste a Arquitectura —estaba contra la espada y la pared, lo sé, cambiar de tema con facilidad es lo que ella hace para esquivar lo que le hace mal. Me tomó tiempo aprenderlo, pero aquí estaba, de pie a su lado tomando cervezas luego de cuatro meses sin verla, ella estudiando artes y yo arquitectura, ella con novio y yo solo, ella tratando de ser ella y yo buscando ser yo...no cambiamos mucho a excepción de que la seguía amando y apostaría todo lo que tengo a que ella por igual me amaba.

— ¿Aún me odias? —necesitaba preguntarlo o la duda me perseguiría por el resto de mi puta vida.
—Nunca te he odiado. Ya te perdoné.
— ¿Valeria? —giré sobre mis talones frente a ella.
— ¿Sí?
...Y la besé.
Mis sentidos necesitaban de ella, mis neuronas, mi cerebro, la sangre que corría por mis venas...necesitaba de ella a un nivel subatómico y cósmico, desde el más pequeño de mis átomos a la célula más grande de mis tejidos. Ansiaba sentir sus labios junto a los míos, mi piel ardía desesperada por sentir sus caricias detrás de mi nuca y sus dedos enredarse en mi cabello. De esa menara que solo Valeria sabía por encima de todas las mujeres del mundo y que erizaba el vello de mis brazos al instante. Y puedo jurar con el corazón en las manos que ella también me necesitaba.

—Harry —dijo entre jadeos. Si sus intenciones eran detenerme no estaba poniendo ni una pizca de empeño.
—Ha-rry —intentó de nuevo.
—Uh-uhu.
—No...—afirmó las manos sobre mi espalda y descansó la cabeza sobre mi torso.
— ¿Qué tengo que hacer para que dejes a ese francés y aceptes lo que sucede aquí? —dije en voz baja y ronca. Mis pulmones exigían aire, pero no importaba si se quemaban por falta de oxígeno cuando de sus besos se trataba.
Sacudió la cabeza sin soltar mi camisa. Sus lágrimas mojaron nuestros labios en un vano intento de contener el llanto que luchaba por escapar.
—No llores, linda...todo estará bien, lo prometo.
—No lo entiendes —dijo más afligida de lo que esperaba.

—Claro que sí...Aún me sigues amando.

Besé su frente, hice a un lado las hebras de cabello que se pegaban en su rostro. Intenté que me viera a los ojos, pero se escurrió de nuevo ocultando la mira en mi camisa.

—Vamos a estar bien, Spidergirl.

—Spidergirl —río sobre las lágrimas— hace mucho que nadie me decía así.

—Más te vale porque solo yo puedo hacerlo.

—No puedo hacer esto, Harry. Mereces algo mejor y eso no soy yo. No debí venir, lo supe desde comienzo de mes, pero es que no contestabas mis llamadas y en serio necesitaba verte...

—Y ya me tienes.

Enfrentó mis ojos y algo dentro de mí dolió.

—No —impuso distancia entre nosotros y aunque no fueron más que centímetros no pude evitar sentirla tan jodidamente lejos, de nuevo—. Estoy con Thim ahora y...

—Como si en serio lo amaras.

—Tengo una vida nueva, Harry y ni siquiera tú puedes cambiar eso. Sí, te sigo amando y precisamente ese es el problema. Ya mucho tengo con estar con él y pensar en ti, no te imaginas lo mierda que me hace sentir, pero, muy en el fondo quiero creer que si permanezco lo suficientemente lejos de ti todo esto va a desaparecer. No quiero regresar al punto de partida, no quiero estar contigo y tener que ir a la cama todas las noches preguntándome si hago bien confiando en ti. No quiero vivir así, Harry. Ahí dentro está sentado un hombre que me quiere, sincero y puro, tengo en claro que lo que él pueda darme no será ni siquiera un gramo de lo que tú medas, pero prefiero mil veces luchar por volver a ser tu amiga que ilusionarme de nuevo con un nosotros y perderte para siempre.

Valeria no era del tipo de mujer que dice lo que siente con facilidad, no es de las que lloran y demuestran si quiera una pizca de romance. Valeria era de esas novias que te amaban con todo lo que tienen, pero difícilmente lo sacaban a relucir, de esas que te hacen pensar que solo eres para pasar el rato cuando con un solo beso te dicen que son capaces de todo por ti. De esas mujeres que no dicen mucho cuando al mismo tiempo sienten todo un océano con una intensidad abrazadora.

No sabía cocinar y era temperamental, era apasionada pero no decía un te amo a menos que lo sintiera necesario y correcto, el tipo de mujer que te hace desafiar la lógica y, sin decirlo, te obliga a ser un mejor hombre. Valeria me hizo un mejor hombre, pero no procuró que lo fuera también sin ella. Mi cerebro terminó creyendo que sí podía volver a amar, pero nunca de la misma manera que la amó a ella. Sus labios podrían estar diciendo que no, pero sus ojos gritaban con fuerza que sí.

— ¿Por cuánto tiempo se quedarán? —pregunté.

—Cuatro días.

—Todo lo que necesito.

Ella carcajeó.

—El año se acaba y sigues sin hacer nada. Hace mucho que ya perdiste la apuesta.

—Claro que no. Ahora la apuesta es entre tú y yo.

24 de noviembre..., una segunda oportunidad.

PROMÉTEME NO MÁS PROMESAS

Sus ojos, sus labios, su risa, esa manera nada especial que tenía al caminar, las incoherencias que balbuceaba a las dos de la mañana cuando se nos acababa el té y renegaba ir a dormir. ¿Es posible siquiera estar así de enamorado? ¿Que ese era el talón de Aquiles de todo hombre? Porque de ser así ya había encontrado el mío y me asustaba perderla, me hubiera aterrado más de no saber lo mucho que ella también me amaba.

— ¿Qué no aprendiste nada sobre no hacer apuestas? —dijo. Una hermosa sonrisa abriéndose paso en su rostro y estrujándose los ojos para así alejar los restos de lágrimas.

—Aprendí qué tipo de apuestas no debo hacer —aferré las manos a su cadera sin dejarle otra opción que saltar del balcón de la terraza o darme la cara. La punta de mi nariz acariciaba deliberadamente su rostro y mis labios rogaban volver a besarla.

—No... —dijo apenas, bajo un pequeño gemido y posicionó las manos en mi pecho consiguiendo sin éxito separarnos si quiera por inexistentes centímetros—. Vine a casa con mi novio, no lo olvides.

—Me importa un reverendo pepino tu novio, no lo olvides.

Entonces, sin darme chance a reaccionar se zafó de mis brazos y me dejó ahí de pie anhelando lo que tuve y perdí. Cuatro días no parecían tanto, pero, cuando el futuro depende de esos cuatro días es mucho lo que se puede hacer. Dramático o no mi vida dependía de hacer que Valeria se quedara conmigo en Inglaterra porque no solo mi corazón la necesitaba, sino que también mi locura y cordura. Debía tenerla a toda costa, necesitaba tenerla de vuelta conmigo, en mi cama, bajo mis sabanas acurrucada a mi lado hablando de Marvel y Batman, de libros y películas, de cosas enormes y pequeñas...necesitaba a Valeria en todo el sentido de la palabra.

A la mañana siguiente desperté primero que los demás (muy raro para tratarse de mi) fui directo a la cocina y puse la cafetera al instante, eché una ojeada al termómetro en la pared y con suerte ascendió un grado en toda la noche.

—Maldito clima —farfullé en voz baja. Nunca me gustó el invierno, lo detestaba casi tanto como la lluvia. Cuando era pequeño solía encerrarme en mi habitación y sacar todas las cobijas de la casa en cuanto el invierno daba el primer atisbo, lo odiaba en sobre manera. Sin embargo, terminé flechado por una mujer que disfrutaba salir en invierno, comer helado cuando más fría estaba y sentarse bajo la lluvia. ¡Mierda, el amor apesta!

—Ricitos mojó la cama —canturreó Val. Las manos en los bolsillos, acurrucada en el abrigo del pijama y adorablemente despeinada. Sonreí, feliz.

—Dilo una vez más y tendrás que preparar tu propio café.

Se plantó a mi lado y dio una olfateada al rico aroma.

—No serías tan despiadado como para dejarme sin cafeína —frunció el entrecejo más sonrió de inmediato.

—No. Aunque un beso serviría mucho como soborno.

—Harry.

— ¿Qué? ¿Muy temprano para comenzar a acosarte?

Me encogí de hombros y le di la espalda en busca de un par de tazas.

— ¿Acaso hablabas en serio anoche? —inquirió.

Sé que no se percataba, pero la sonrisa en mis labios era terriblemente enorme y feliz. Claro que hablaba en serio, puede que me falle la razón, pero de que estaba dispuesto a secuestrarla e irme a los golpes de ser necesario con el francés mal nacido, definitivamente era verdad. Dejé las tazas sobre la mesa y giré de nuevo hacia ella.

—Oh, Valeria. Por supuesto que lo dije en serio.

— ¿Y que si no quiero?

Amaba cuando me daba esa mirada desafiante y llena de rebeldía. Acorté la distancia entre los dos. La atrapé en mis brazos antes de que siquiera pensara salir corriendo y la besé, apasionado, necesitado y por qué no, con todo el amor que tengo solo para ella y nadie más.

— ¿Quieres tu café con leche o negro?

Susurré sobre sus labios con una sonrisa victoriosa plasmada en el rostro. He tenido muchos caprichos y muy seguidos, pero ninguno resultó ser tan persistente como el jodido capricho de nombre y apellido "Valeria Alessandra D´Amico". Para medio día la nieve bloqueaba la entrada principal del edificio y no tuvimos más opción que sentarnos en la sala a comer las sobras del día anterior. Thimotée con suerte se despegaba del teléfono móvil ¿desde cuándo a Val le gustaban esa clase de hombres? De todos modos, resultaba a mi favor pues me permitía tontear con ella mientras su novio iba de un lado a otro.

— ¿Vas en serio con él? —Peter inclinó la cabeza hacia la cocina y preguntó a Val tan bajo que solo nosotros pudiéramos escuchar.

Ella observó al francés y, ha de ser la desesperada esperanza que sobre abundaba en mi pero duda fue lo que vi en sus ojos.

—Algo así —dijo al fin.

— ¿Algo así? —inquirió Andrew. Esto continuaba así y tendría que explicar por qué la sonrisa de idiota psicópata acosador en mi rostro.

—No lo sé —dijo Val encogida de hombros. No es como que esté buscando con quien pasar el resto de mi vida.

—En algún momento tendrás que hacerlo —dije con poca importancia, o eso era lo que quería aparentar.

Son muchas las cosas de las que soy capaz por lo que quiero, infinitas las posibilidades de no darme por vencido, altas las apuestas a que mandaría de vuelta al francés a Francia y Val se quedaría en Londres a mi lado. Dos días pasaron, cuarenta y ocho horas de tortura, tira y afloja, y nada de soltar. Dios sabe que me esforcé, el universo y todo el maldito Karma del mundo bien sabe que durante dos días le robé besos, hice insinuaciones, comentarios fuera de lugar, sembré dudas en la cabeza de su noviecito y dejé salir todo el descaro con el que fui bendecido. Así como no hace falta decir lo terriblemente bien que me hacía sentir al ver que el rubor en sus mejillas era aún debido a mí. ¡Dios, que era gratificante!

La nieve se despejó con rapidez y lo que amenazaba con ser una severa y larga tormenta tan solo fue un breve letargo con intenciones de obligarnos a comer sobras y con vivir por más de veinticuatro horas como tiro al blanco de las bromas de Peter y Valeria. El veinticinco de noviembre luego de almorzar y, aparentemente cansada de verme Val, en un arranque de desesperación —era muy impulsiva y en el momento que la vena de su frente palpitó supe cuan nerviosa la estaba poniendo— sujetó la mano del francés y con la barata excusa de llevarlo a ver la ciudad, ciudad que él ya conocía, salió del apartamento sin rumbo fijo.

—Harry —llamó Erik. Mordí mi labio superior en serio divertido mientras observaba la puerta cerrada.

— ¿Qué? —respondí sin verlo y aún bastante entretenido.

— ¿No crees que es mucho ya?

— ¿De qué hablas? —giré mi atención hacia él "desconcertado".

Alzó una ceja, su cara llena de ironía y negó con la cabeza.

—Thimotée es el único hombre que conozco capaz de ver como el ex de su novia le coquetea y hacerse de la vista gorda.

Entonces algo hizo click. Me puse en pie y recogí mi chaqueta del perchero.

— ¿A dónde vas? —inquirió.

— ¿No es obvio? Voy a dar una vuelta.

—Harold —me reprochó.

—Míralo así, puedes dejar que ella continúe la farsa que pretende vivir con él o que vuelva conmigo y por ende no tengas que verte en la necesidad de tener a ambas de las hermanas D´Amico lejos. Sé

que lo arruiné la primera vez, pero tú más que nadie haz visto lo miserable que he sido y lo arrepentido que estoy —hice una pausa, realmente afligido—. La amo, Erik. Mientras pueda hacer algo para tenerla de vuelta a mi lado lo haré.
Y así iba a ser.

La noche cayó. Azoté la puerta de mi apartamento, cansado e iracundo: la tarde no fue exactamente lo que esperaba. Un desgarrador gruñido se abrió paso a través de mi garganta. Lancé las botas a una esquina dejando mis pies al descubierto, sacudí mi cabello lanzando rastros de nieve por el lugar y, con el ceño fruncido y el estómago vacío arrastré mi desmesurada existencia y, literalmente, tiré un frasco de sopa de pollo para uno al microondas. Desde que ella se marchó en eso me convertí: un frío frasco de sopa para uno.
— ¡MALDITO BASTARDO! —la puerta se cerró con aún más fuerza detrás de mí y con suerte sus cuerdas vocales no se desgarraron por completo.
—Val... —intenté defenderme.
— ¡NO! —llegó a la cocina en pocos pasos El rostro rojo como tomate y las manos formadas en dos puños que sin duda descargarían toda su furia en mí. Sucede que ir tras ellos no fue la mejor de mis ideas e interferir en su recorrido tampoco.
— ¿POR QUÉ? ¿QUÉ MIERDA TE HE HECHO, CROSS? ¡ACORDAMOS TERMINAR CON ESTO!
— ¡BASTA! —aquella fue la primera vez que le grité—. ¡TU FUISTE QUIEN LO TERMINÓ! EN LO QUE A MÍ RESPECTA ESA FUE UNA DECISIÓN EN LA QUE NO TUVE PARTICIPACIÓN.
—TERMINÓ EN EL INSTANTE QUE UNA MALDITA APUESTA SIGNIFICÓ MÁS PARA TI QUE NOSOTROS.
Su pecho iba de arriba abajo a falta de respiración mientras por fin decía lo que en realidad sentía. Las venas ahora se notaban a cada

lado de su cuello. Sus ojos se tornaron cristalinos y la punta de la nariz condenadamente roja.

—NO...no es así. Te amo y...

—Deja de hacer eso... Por favor —le tembló la voz y dejó caer los hombros cansada—. ¿Qué es lo que quieres de mí, Harry?

De un paso llegué a ella, sostuve su rostro, delicado y hermoso en mis manos—. Te quiero a ti. Quiero cada parte de ti, Valeria y bien sabe Dios qué haré todo a mi alcance para tenerte de vuelta.

—No —negó una y otra vez—. No dejaré que me hagas esto de nuevo —se alejó—, no permitiré que vuelvas a enredarme. Estoy cansada de promesas vacías Harry y eso es lo único que me ofreces, sin embargo, Thim..., él es real.

—Pero no lo amas.

—El amor no hace falta.

La frialdad de sus palabras me golpeó, lento y doloroso. Esa clase de dolor que aprieta y aprieta y si eres lo suficiente suertudo te permite gritar.

—Valeria.

—Una sola vez en mi vida me permití amar y ya sabemos cómo terminó. No quiero volver atrás.

— ¿Cuántas veces tengo que decir que lo siento y lo mucho que te amo para que me creas?

—Comienza y te diré cuando sea suficiente.

—Aun me quedan dos días —le recordé.

—Deja de hacer promesas y tal vez consigas algo, quizás no conmigo, pero..., qué más da después de todo.

Sacudió las lágrimas que le nublaban esos bellos ojos marrones y salió. Me dejó solo con nada más que un frasco de sopa para uno y dos corazones por reparar en dos días y nada más que eso.

ÁMAME, ¿PUEDES?

Un año, tuve casi un año para tener conmigo a la mujer que amo y hasta la fecha no había conseguido nada estable, ¿Cómo puede alguien negarse tanto? ¿Cómo podía Valeria resistirse a ser amada? ¿Tan rota la dejé? No, sin importar el daño que le hice (y vaya que fue notable) ella siempre fue así, lo era cuando llegó a Londres, cuando aún empezábamos a conversar, incluso cuando salíamos. Fue sin duda de mis mejores relaciones sin embargo no conseguimos hacerla durar y, aunque me sentí afortunado al ser de los pocos con los que, a su parecer, tuvo la más larga relación de su vida, y la culpa del por qué acabó era solo mía, estaba más que seguro que de alguna forma u otra ella se culpaba. Es lo que tendía hacer, mascullar, pensar una y otra vez, jurar que me odiaba y concluir en que también era su culpa incluso por el simple hecho de respirar.
Aún de pie a mitad de la cocina, contemplando el hoyo sin fondo que se había vuelto mi vida, el pitido del microondas me arrastró devuelta al presente. Desganado fui por la sopa. Solté una maldición al quemarme los dedos por no hacerme de un puto...algo para sacarla del microondas, iracundo lancé la cena a la basura y arrastré mi desdichada existencia a la habitación.

— ¡MALDITO FRANCÉS! —estrellé la lámpara contra la pared— ¡MALDITO JOSH!

Porta retratos, trofeos de la secundaria, los cajones de la cómoda..., mi habitación se transformó en un tornado y yo era el ojo solo que en lugar de estar en calma era la parte más tormentosa y estruendosa.

— ¡MALDITA VALERIA! ¡MALDITO YO...!

Me dejé caer contra la pared. La cabeza entre las piernas y el llanto ahogándome por completo..., ahora yo también estaba roto.

—Harry —de pronto la puerta comenzó a retumbar y me di cuenta de que no noté cuando entraron a casa—. ¡Harry! —gritaron de nuevo. Erik—. ¡Harry! ¿Está todo bien?

Debió de escuchar los estruendos desde el piso de abajo y ahora tumbaba la puerta a puños para averiguar si seguía con vida.

—Harry abre la puerta por favor.

Sequé las lágrimas con la manga de la camisa, me puse de pie y, cabizbajo le abrí.

—Hey... —traté de decir en un muy fallido intento de sonar normal. Al contrario de él que me observaba con los ojos en orbitas y la piel pálida.

— ¿Estás bien? —inquirió exaltado.

—Seguro —afirmé aun sabiendo que no me creyó. Miró por sobre encima de mi hombro. Alzó una ceja, desconcertado, en busca de una explicación. Rasqué mi nuca y sin siquiera esforzarme en una buena excusa dije:

— ¿No sentiste el temblor?

—Tenemos que hablar —sentenció.

Aprecio que los chicos estén siempre respaldándome; que me ayudaran a escapar de los castigos en la escuela; que fueran los hermanos que no tengo, pero, por esa vez quería estar solo. Quería morir tirado en la alfombra, ahogado por mi propia miseria. Sin embargo, no fue lo que conseguí. Y mientras los chicos buscaban qué hacer conmigo yo me conformaba con pretender estar muerto sobre el sofá. Mi conciencia se deleitaba proyectando imágenes de los meses que estuve junto a Val, como si no fuera suficiente me echaba en frente imágenes del fin de semana en la casa de campo que jamás llegamos a tener. Ella, mi vida giraba en torno a ella...

— ¡BASTA! —exploté. Las manos a ambos lados de la cabeza sobre las orejas. Miradas confundidas por parte de mis amigos..., mi mundo estaba distorsionado. Sudor empapaba mi frente por imposible que sonase a tan baja temperatura, la habitación iba de un lado a otro como si de un bote se tratara y mi cuerpo temblaba. No era la primera vez que sucedía tal cosa así que hice lo normal, cuando descubrí que no habitaba nada en la oscuridad capaz de dañarme—. ¿Quieren saber qué es lo que voy hacer? —les pregunté sin intención de aguardar por una respuesta—. Dejaré que Valeria sea feliz o que pase la vida amargada, si es lo que quiere pues es lo que le daré. Estoy harto. Estoy cansado de venir a casa todas las noches a comer la misma comida congelada, de andar por ahí hecho mierda porque la pequeña italiana me odia. Me cansé... me cansé, chicos. Sí, ya sé que todo esto es mi culpa, pero no pasaré la vida castigándome por un error; sé que hice mal y me arrepiento. Ya me he arrastrado lo suficiente por la niña D´Amico —apunté iracundo con el dedo índice hacia mí mismo—. Me he convertido en una versión de mí que da lástima y despierta decepción. Soy humano, ¿vale? Cometo errores, aunque no quiera hacerlo. No soy lo que ella quiere y me aseguraré de seguir adelante.

Caminé a paso firme a la puerta, recogí mi abrigo y antes de salir agregué: — Si me necesitan no me busquen. Vayan a tener sexo con alguien y déjenme en paz.
Está bien, admito que descargué la ira en partes desiguales, que los chicos sólo querían ayudarme, pero ahí reside el detalle, y es que estaba cansado de que todos intentaran arreglar mi vida. Cuando abrí la puerta del edificio la fría ventisca que se daba lugar azotó como un látigo contra mis mejillas y todo mi cuerpo. Era más frío que en la tarde y me encontraba más confundido que entonces, no sabía qué maldición hacer con mi vida..., qué hacer con Valeria. Sin importarme introduje las manos desnudas en los bolsillos del abrigo ya que en el remolino de ira olvidé los guantes. La nieve a pesar de ser espesa, fría y letal me brindó el clima que justo sentía mi

corazón, la temperatura exacta para encajar aun así calaba mis huesos a morir. Sin embargo, nada de eso importó.
Es increíble el efecto que alguien en específico puede tener en la vida de cualquiera con no más que unos meses, semanas incluso. Cuando papá falleció, al ser el más pequeño, la familia esperaba que estallara, que la histeria o quizá la depresión se apoderara de mí, esperaban expectante rebeldía y vaya a saber Dios qué más, pero nada de aquello ocurrió. La independencia tocó temprano a mi puerta, aprendí a sobrevivir por mí mismo, a no acostumbrarme a los demás pues siempre se iban sin importar cuánto afirmaran lo contrario. Tuvo que llegar Valeria para que comenzara a acostumbrarme a lo cotidiano. Es curioso pues no la odio, pero eso no quita el hecho de que esté enojado con ella. He puesto todo de mi parte para, no volver el tiempo, arreglar lo que nos pasó. Lo intenté, pero no pude. Ella podía conmigo. Una parte de mi comenzaba a odiar esta situación.
No recuerdo por cuánto tiempo caminé en círculos y poco interesaba, tan sólo sé que terminé sentado en una parada de autobús no más a algunas tres o cuatro cuadras de casa. La cabeza gacha y el corazón vaya a saber dónde. No me atrevo a preguntar si fue exactamente eso lo que sintió Val cuando supo la verdad pues a pesar de que fue mi culpa, no se escuchó quebrarse un corazón sino dos. Sé que era tarde en la noche, que la temperatura se olvidaba de que también es posible subir y la calle estaba desierta. No me importaba en lo absoluto.
—Harry.
Mi corazón y todo lo que llevo por dentro se paralizó al escuchar el hilo de voz. Cerré los ojos con fuerza. Estaba enojado con ella, estar enojado con ella era la mejor manera para comenzar a olvidarla y si los abría y la encontraba de pie frente mi sería débil e iba a olvidarlo todo.
—Harry —insistió.
—Vete —dije aún sin verla—. Déjame solo por favor... No lo hagas más difícil de lo que ya es.

Soledad. Tan solo quería un poco de soledad. Necesitaba de ella, pero en ese momento la soledad penetraba mis huesos quizá con más intensidad que el frío y aunque quería tenerla lejos, olvidarla, dejarle seguir con su vida y conseguir una nueva para mí, aunque era mi propósito muy en el fondo sabía que era imposible.

—Supe lo que pasó con los chicos... —comenzó. Se hizo de un asiento a mi lado.

—No vengas con tu lastima, es lo que menos necesito ahora.

—Lo sé. No vine a darte mi lastima.

— ¿A qué has venido entonces? —levanté la mirada, me atreví a abrir los ojos y darle la cara.

— ¿Verdad?

—Serviría de mucho.

—No lo sé —dijo en un bufido—. La verdad es que no lo sé. Estaba viendo Harry Potter con Thim, sucede que es exactamente la última película que vimos antes de..., pues antes de terminar. Se sintió como si fuera nuestra película y al verla con otro estuviera haciendo mal...También recordé lo que me pediste y... —guardó silencio, le pedí que sin importar que no olvidara cuanto la amo. Y mira como terminamos.

Llegados a este punto luchaba contra mí mismo por no tomarla en brazos, besarla y prometerle que todo iba a estar bien. Que siempre íbamos a estar bien sin importar cuantas veces metiéramos la pata.

—No te entiendo —fui sincero.

—Descuida, yo tampoco.

La vi refugiarse entre la chaqueta negra que de seguro tomó de Erik sin que lo notara. Me fijé en las medias y los guantes de colores impares que llevaba y no pude evitar sonreír a medias. Su cabello estaba atado en alguna clase de moño despeinado y bajo la chaqueta y la bufanda que llevaba alrededor del cuello vestía ese pijama de triángulos y garabatos que solo ella era capaz de comprar. Vi a la Val que se quedaba en casa conmigo comiendo golosinas y viendo viejos musicales y películas animadas, la Valeria sin maquillaje ni boina francesa, la chica que llegó el invierno pasado.

La Valeria que iba todas las mañanas al mismo café por las mismas galletas de canela y trazaba líneas, figuras y garabatos en un viejo cuaderno lleno de bocetos; vi a la vegetariana amante de los súper héroes y discos de vinil, la chica destrozada en el entierro de su abuelo y la inquieta cuando la visitó su hermana gemela..., vi la Valeria que me embrujó con ese acento italiano y ese horrible temperamento. No la artista con un novio nuevo y un apartamento en el cuarto piso en el centro de París, sino que la artista que me dejaba ver sus dibujos tropezaba literalmente con todo, culpaba a la gravedad cuando caía de la nada y no sabía cocinar. La chica por la que recorrí todo Londres en San Valentín pues quería darle su rosa favorita. Contemplé a la Valeria de la que me enamoré, la vi y supe que, por más que me pidiera alejarme no era lo que en realidad quería. Una sola cosa cambió entre nosotros y fue el hallazgo de que estamos locos el uno por el otro sin importar cuanto lo neguemos. Vi la Valeria que dijo que me amaba, la tenía a centímetros y sin embargo no sabía cómo alcanzarla.

— ¿Por qué no podemos aceptar lo que nos pasa? —dije con voz ronca y melancólico.

—No lo sé, rizos —dijo ella, acogida por la tristeza. La nieve acomodándose en nuestras cabezas y la distancia imponiendo un abismo que amenazaba con arrastrarnos hasta el fondo.

MI LADO DEL SOFÁ

Pueden brindarme un centenar de vidas y seguiría eligiéndola a ella, había alcanzado el nivel de locura que jamás creí. Un año atrás me hubiera reído de haber escuchado que estaría sentado a mitad de la calle en pleno invierno hecho pedazos por una mujer. No obstante, del sin fin de conjunciones, penas y horribles ideas lo único que remarcaba por sobre todo era la rotunda negación a dejarla subir al avión por segunda vez.

— ¿Harry? —dijo, sacándonos del agobiante silencio en el que estábamos atrapados.

—¿Sí?

— ¿Qué pasa si te cedo esos dos días...?

—Terminaremos con un francés muy, pero muy enojado. Aunque seremos felices.

— ¿Cómo lo sabes?

—Todo hombre se pone furioso si otro le roba l...

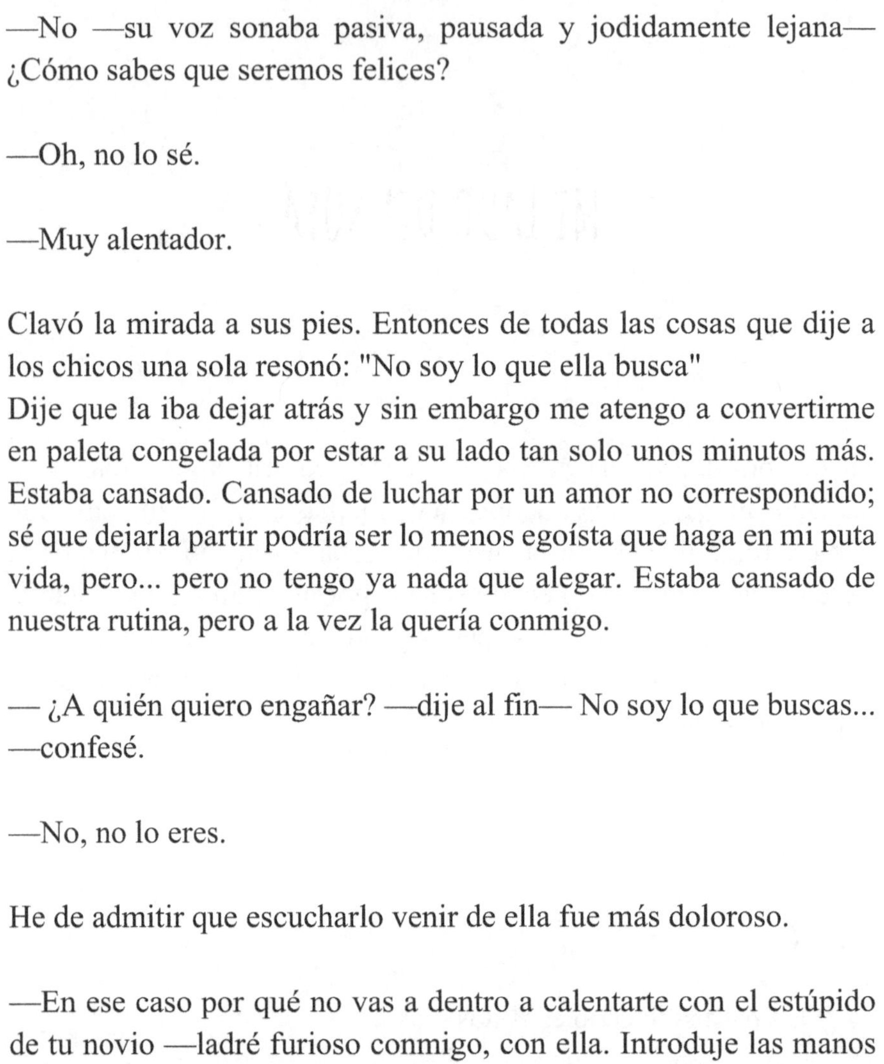

—No —su voz sonaba pasiva, pausada y jodidamente lejana— ¿Cómo sabes que seremos felices?

—Oh, no lo sé.

—Muy alentador.

Clavó la mirada a sus pies. Entonces de todas las cosas que dije a los chicos una sola resonó: "No soy lo que ella busca"
Dije que la iba dejar atrás y sin embargo me atengo a convertirme en paleta congelada por estar a su lado tan solo unos minutos más. Estaba cansado. Cansado de luchar por un amor no correspondido; sé que dejarla partir podría ser lo menos egoísta que haga en mi puta vida, pero... pero no tengo ya nada que alegar. Estaba cansado de nuestra rutina, pero a la vez la quería conmigo.

— ¿A quién quiero engañar? —dije al fin— No soy lo que buscas... —confesé.

—No, no lo eres.

He de admitir que escucharlo venir de ella fue más doloroso.

—En ese caso por qué no vas a dentro a calentarte con el estúpido de tu novio —ladré furioso conmigo, con ella. Introduje las manos en el abrigo, cubrí mi cabeza con la capucha y de un movimiento me puse en pie.

—DIJE QUE NO LO ERES, PERO NO DIJE QUE NO TE AMO ASÍ... —gritó.

—No lo hagas, por favor.

En pocos pasos llegó a mi lado. ¿Por qué se empeñaba en hacer esas cosas? Ya de por sí estaba hecho mierda ¿Qué no le era suficiente?

— ¿Por qué no? Es lo que tú sueles hacer —dijo—. Regresas cuando estoy así de cerca de olvidarte, dices esas palabras que me quiebran el alma, fijas esos condenados ojos esmeralda que por más que lo evite me escudriñan a diestra y siniestra ¿no has pensado quizás que también te extraño; qué sé que mi vida no está en Francia? ¿No te ha cruzado por la cabeza el maldito esfuerzo que hago en no quedarme contigo?

—Quédate entonces.

—Ahí tu problema —se puso frente a mí—, ya es tarde ¿por qué no lo pediste el último día que nos vimos antes de irme?

La voz la falseaba y el labio por igual, no por el frío sino por el llanto.

— ¿Por qué no respondiste mis llamadas? No puedes ahora que regreso con un pobre intento de seguir adelante besarme, seguirnos a mi novio y a mí, y pedir simplemente que me quede. Dios sabe cuánto te amo, pero no puedo más... no quiero ilusionarme.

Entonces lo supe: no somos el uno para el otro después de todo. Tal vez siempre lo supe y no quise admitirlo, quizás debí quedarme con la chica que conocí en el parque en Halloween y hacer de cuenta que funcionaría, tal vez debía simplemente dejar a Valeria ir, que sea feliz. Pero no, no quería. Estaba al tanto de cual era lo correcto y lo que me negaba a hacer, la diferencia no era mucha a comparación con las consecuencias.

Ahí frente a mí, tan cerca..., tan bella. Tan rota. Yo la rompí y ahora que quiero reunir las piezas es demasiado tarde.

—Estoy aquí, ahora, ofreciéndote todo lo que soy —la voz, el cuerpo, el alma, el corazón..., todo me temblaba amenazando con hacerme caer sobre el pavimento de golpe. Es que, le miraba y no imaginaba más vida que no fuera junto a ella. Quería desaparecer al maldito francés que la esperaba devuelta en el apartamento, que le abriría la puerta con los brazos abiertos y un montón de asquerosos besos. Estaba consciente de todo lo que dije a los chicos, de lo que el poco de cordura que restaba me pedía, pero la locura resultó ser mayor y no podía ni quería ignorarle—. Y es que contigo no sé qué es correcto y que no, no sé qué debo hacer —dije —te amo, tu loca despistada italiana de ideas retorcidas y temperamento perturbadoramente adorable, te amo tan jodidamente que me hace perder el control, pero no sé qué maldición hacer para que lo entiendas. Quizás... —no lo digas, suplicó mi mente, por favor no lo digas— quizá no somos el uno para el otro —maldito seas Harry Edward Cross. Clavé la mirada al asfalto incapaz de verla a los ojos.

—Tienes razón —alcé la vista un tanto estupefacto, no esperaba a que lo negara, pero tampoco que lo aceptara tan fácilmente—. ¿Sabes? —introdujo las manos en los bolsillos de la chaqueta y mantuvo la mirada fija en mis ojos— Desde que me mudé a Francia, Melanye no me habla con tanta frecuencia, dice que debo dejar de ser tan testaruda y escuchar tu "versión de la historia" le digo que no hay una pero no para de insistir... —no sé a dónde intentaba llegar, pero no la detuve —. Supongo que era cuestión de tiempo, ya sabes, que nos diéramos cuenta de que lo que sea que tengamos no va ningún lado.

—Val...
—No, no más Harry. Yo tampoco soy lo que buscas.

La cabeza me daba vueltas, solo tenía que besarla, insistir en que no regresara con el desgraciado francés..., era el momento perfecto y aun así lo dejo escapar como arena entre los dedos. Claro que ella era lo que busco, es lo único que buscaba en este jodido mundo, lo que necesito para seguir adelante y no hacía más que alejarla. Allí, a mitad de la acera mis pies se quedaron inertes, el frío se tornó placentero y el aire aminoró de un modo extraño.

—No lo hagas —dije, tan bajo que no esperé que ella lo escuchara. De pronto la vi volver.
— ¿Por qué? —preguntó— ¿por qué no puedo olvidarte como hago con todo el mundo? ¿Por qué no puedo hacer de cuenta que no existes, que lo que digas o hagas no me afecta? Dime por qué maldición.
—Llegados a este punto deberías saberlo —dije, afrontando aquel par de ojos llorosos. Difícil de creer que he sido quien más la ha visto llorar—. La cosa es que sí creo que somos el uno para el otro, sí quiero que te quedes conmigo, pero dime, ¿acaso vale de algo si tú no quieres lo mismo? Sí, jugué contigo y no te imaginas cuanto me odio y arrepiento de ello; no todo fue mentira y lo sabes, a fin de cuentas tú fuiste quien jugó conmigo y es que un segundo me hacías creer que me querías y al otro te portabas tan indiferente y Dios que la sangre me hervía, me enojaba no saber qué hacer respecto a ti pero luego cediste..., en el momento que aclaré lo que de verdad sentía por ti quise acabar con la apuesta, quise ser al cien por ciento tuyo sin mentiras ni secretos pero tú ...eres tan tu.

Me miró en silencio por varios minutos, sin decir nada. El vaho de su respiración y la mía era visible. Lo único vivo por el momento.

—No funcionamos como pareja, tampoco como amigos... ¿Qué vamos a hacer entonces?

—No lo sé. De nada vale que haga o deje de hacer si persistes en volver a Francia con él.
— ¡Bien! Si llegas a averiguarlo antes de que me marche, avísame.
—Si llego a hacerlo ¿te quedarás?
—Depende de qué encuentres. ¿Harry?
—¿Uh?
—Te concedo esos dos días.

Giró sobre sus talones y volvió a la tibiez del edificio, de vuelta con la realidad que se empeñaba en construir. No sabía a dónde ir, si luchar o simplemente tirar la toalla y permanecer en mi lado del sofá, lejos, muy lejos de ella, aunque la pena me matara poco a poco sin piedad. No sabía qué maldición buscar..., estaba tan jodidamente perdido. Ella me amaba, yo moría por ella; quería quedarse tanto como yo anhelaba que lo haga, pero aun así arrastraba los pies de regreso con él mientras yo sufría a mitad de la noche. Las cosas estaban claras no obstante se empeñaban en lucir más borrosas que nunca

Los dos nos amábamos, pero no sirve de nada cuando no sabíamos qué hacer con tanto amor.

26 de noviembre, seguimos más rotos que nunca...

MANUAL

Dos días ¿en serio quería esos dos días? ¿de verdad me quedaban fuerzas para luchar? ¿Acaso pretendo, luego de todo lo que le dije a los chicos y a ella, intentarlo una vez más antes de retirarme de la partida? Una cosa era segura y es que, a pesar de todo, no me perdonaría dejarlo al azar y preguntarme que pudo haber sido. Y fue justamente el poder de la curiosidad y la increíble habilidad que desarrollé a lo largo del año de no mantenerme lejos de ella, que me llevó a tocar su puerta un 27 de noviembre a las nueve en punto de la mañana.

— ¿Harry? — inquirió frotándose los ojos, el cabello todo enmarañado hacia un solo lado. Usando otra de esos ridículos pijamas que tanto le gustaba llevar.
— Los dos días — dije como si no fuera más que obvio. Ella pestañeó un par de veces acostumbrándose a la luz, me miró confusa en busca de una explicación.
— ¿Qué?
— Anoche dijiste que me dabas esos dos días. Vine por ellos.
— Creí que habías dicho que no somos el uno para el otro.
— La gente dices muchas cosas cuando está a un paso de la hipotermia, Valeria. Tengo una sola pregunta ¿Sabes si tu novio tiene antecedentes criminales? Porque hay una hermosa tormenta

por lo que estarás atrapada aquí al menos dos días más lo que me deja un total de tres días y no pretendo jugar limpio.

—Ha...
— ¿Val? —la llamó el francés.
—Debo irme, Ricitos.

En un rápido brío que batió mi sangre como una sesión de centrifugado, la sujeté de las caderas y besé sus labios con fuerza. Aún en la mañana su aliento sabía a durazno, todavía me pregunto si dormía con mentas bajo la almohada, pero es Valeria de quien hablamos después de todo, el tipo de mujer del que se puede esperar cualquier cosa. Lástima para ella que yo era el tipo de hombre que se había dado la misión atarla a la tierra o volar a su lado en el intento.

—Tres días, dulzura. No te preocupes en hacer las maletas.

Sus pies la devolvieron con el francés, pero su corazón y sus ojos estaban de acuerdo conmigo. Honestamente en cuanto la puerta cerró me vi a mitad del corredor notando que no tenía nada planeado...sí, estaba jodido. Tomé el camino largo al piso de arriba: escaleras. Frente a la puerta de mi apartamento fui iluminado y por primera vez en los últimos tres días feriados el montón de tarea apilado sobre la mesa de dibujos encontró un propósito.

La nieve se acumula afuera, Peter y Adler jugaban en el Xbox, Erik se acaba las mini pizzas del refrigerador y Andrew decidió tomarse lo de las leyes muy a pecho mientras los tortolos disfrutaban del lugar en el primer piso. .

—Anoche dijiste que no querías volver a tener nada que ver con ella —dijo Adler con los ojos fijos en la pantalla.

—Técnicamente no dije eso —alegué.

—Técnicamente quisiste dejar eso claro —dijo Peter.

—Peter tiene un punto a su favor.

—Andrew, para ya de actuar como un juez —dije yendo a la cocina por una soda.

—En retrospectiva él siempre ha actuado así. Incluso ante decidir que estudiaría leyes —dijo Erik sentándose en el desayunador con todas las mini pizzas para tres días.

—Ya sé lo que dije anoche sobre Valeria, no es como si no le hubiera dicho casi lo mismo a ella pero tanto ustedes como yo saben que hasta que me convenza de que ella no me ama no daré mi brazo a torcer.

—No le veo el gran problema —dijo Peter— ambos se quieren y Thimotée sobra ¿qué más necesitan?

—Disculpa por no tener relaciones tan sencillas como las tuyas, Pete.

—Se dan cuenta que parecemos un grupo de señoras chismosas, ¿no? —dijo Andrew divertido.

—Yup —afirmamos los demás al unísono.

Sucede que en la secundaria los profesores se encargaron explícitamente de mantenernos sentados en un malditamente incómodo pupitre por casi dos horas viendo un video educativo sobre sexo, pero, también sucede que a nadie se le ocurrió enseñarnos sobre el amor y sus consecuencias. Y ahí estaba yo, tocando a su puerta por segunda vez en el día con una ridícula pero enorme sonrisa.

— ¿Y mi Spidergirl? —pregunté.

— ¿Quién? —dijo Thimmoteé justificablemente confundido.

En ese momento Valeria apareció usando otro pijama, esta vez incluso más colorida. Como si vistiera al mismo Picasso.

—Ahí estás *spidergirl*—se sentía casi igual que cuando era pequeño y le alardeaba a Emma mis dulces. No, definitivamente esto se sentía mejor—. ¿Recuerdas el favor que te pedí está mañana cuando vine?
—Este...
—Ya encontré los planos y pues de todos tu eres la única con el don bendito de saber dibujar.
Giró sobre sus talones en dirección al francés.
— ¿Nos disculpas un segundo? —se excusó y me arrastró al pasillo cerrando la puerta detrás de ella.
— ¿Qué estás haciendo? —siseó realmente molesta.
—Aprovecho mis tres días y de paso hago unos planos de último minuto. Cualquiera pensaría que no tendría tanta tarea, pero los ingleses no conocen el significado de perder el tiempo.
—Bien, pero lo haremos aquí.
—No creo. No pretendo bajar la mesa de dibujos por la escalera de incendios y no estoy seguro de que quepa en el ascensor.

Me observó a ojos entrecerrados, se excusó de nuevo con su novio y me siguió rumbo al piso de abajo. No era tanto el trabajo, a decir verdad, dos planos sencillos tan sólo para verificar que tan buena era mi habilidad con el diseño. La mayor parte estaba hecha y es que no tuve la oportunidad de decírselo, pero también sabía dibujar, no también como ella solía hacerlo, pero lo suficiente para aprobar la carrera y vivir diseñando edificios por el resto de mi puta y mundana vida. Me alegré de embaucarla para que me ayudara pues estaba así de cerca de olvidar lo pasiva que se mostraba al sujetar un lápiz y he de admitir que la mera idea me aterraba. Supongo que luego de dos horas sin dar señales de vida al mundo exterior el estúpido de su novio por fin aceptó la idea de cuales eran mis intenciones y comenzó a procurarla por el celular.

— ¿El francés? —inquirí con media sonrisa altanera que iba de los labios a los ojos y todos lados.

—"El francés" tiene nombre y sí, es él.
—Se preocupa demasiado.

Yo también estaría preocupado de saber que mi novia estaba en el segundo piso con su ex a mitad de plena tormenta de nieve. Éramos Val y yo después de todo, no hemos tenido tanta historia para generar esa clase de preocupación, no duramos ese gran tiempo que marcara alguna diferencia o se convirtiera en significativo. Sólo nosotros dos, un par de extraños que compartieron pocos meses del año y gran parte de ellos fueron mentira..., o es lo que ella afirma. Por otro lado, estaba esa otra versión de la historia, aquella sobre dos tarados que no compartieron más que unos cuantos meses que lucieron años, aquellos que se aman, odian y extrañan como si de un viejo matrimonio se tratara...sí, yo también estaría preocupado de ser él. Cuando de Valeria y yo se trataba no existía un manual o alguna guía de pasos, nadie más que nosotros entendíamos lo que pasaba en el absurdo mundo que fabricamos. Funcionábamos a nuestra retorcida y exclusiva manera.

Y mientras Thim...Como se llame, de seguro veía algún aburrido programa televisivo yo me encontraba en el sofá bebiendo cocoa con malvavisco junto a su novia, viendo la sexta película de Harry Potter pues a pesar de todo Valeria tenía razón, aquella película era cosa nuestra, una de las tantas cosas que eran sólo nuestras. Cómo discutir por quien jugaba con el control uno de la consola o luchar por no dejarla preparar los asquerosos tacos vegetarianos que echando a un lado el horrible sabor, extrañaba por la única razón de que ella era quien los preparaba; y es que amaba tanto a la loca italiana. Incluso son su rara afición por los pijamas, las retorcidas ideas con las que saltaba. La amaba con todas mis fuerzas.
Se sentía como la última vez cuando dijo que me amaba y le pedí que jamás olvidara que yo también estaba demente por ella. Se sentía como si de algún modo el reloj hubiera dado marcha atrás o estuviéramos en un mundo paralelo donde yo no era un patán y ella

aún me quería, un mundo donde el francés no existía y había espacio a la preocupación de que al terminar la tormenta ella iba a tomar el primer avión de vuelta a Francia. De todos modos, no quería preocuparme por nada de eso en aquel momento, quería aferrarme a la idea que por ese lapso de tiempo Val estaba en mis brazos y sus manos se aferraban a mi camisa como meses atrás.

Quería aferrarme a la idea de que un futuro falsamente prometedor lo que le ofreciera la ciudad de las luces no era nada comparado con nuestra extraña forma de querernos. Y es que sin duda no había un manual para lo nuestro, pero sí la alocada secuencia que seguimos incluso sin notarlo y también estaba al tanto de que tal vez en cualquier segundo ella saltaría diciendo que lo que hacemos era una locura, que estaba mal y debía volver con su novio aun sabiendo que la noche antes gritó a mitad de la calle que me amaba. No me importó. No importa lo loca que esté, lo bipolar que resulte en ocasiones. Importa un bledo pues no la juzgo sin duda sobre la posibilidad de un nosotros estable en el futuro, yo tampoco lo esperaba de ser honesto. Jamás seríamos una pareja normal, nunca íbamos a alcanzar a formar parte del perfil que se supone una pareja suele cumplir. No sabíamos cómo. Tan simple como eso.
Teníamos nuestro propio manual de cómo estar jodidos y a la vez ser feliz porque a pesar de todo no éramos, dos anormales a su propia y retorcida manera, y daba la casualidad de que encajábamos a la perfección estando juntos aún os empañábamos en meter la pata y permanecer alejados el uno del otro. Y es que la amaba tanto como ella a mí. Deseaba a esa lunática con talento para el arte, la desquiciada que comía helados cuando el termómetro marcaba -14°C, no a la italiana con novio nuevo y ropa francesa, no, amaba a la bipolar que brinca sobre mis muebles y me besa como si fuera la primera y última vez. A ella, desequilibrada e inteligente al mismo tiempo. La misma que juega al futbol aun sin saber nada al respecto e intenta hacerme dejar la carne.

27 de noviembre, estoy de nuevo en el juego.

SMALL BUMP

Era medianamente feliz. Y lo hubiera del todo de no haber pasado lo que ocurrió la tarde del 27 de noviembre cuando Thim irrumpió en mi apartamento acusándome de robarle la novia. He de ser sincero, comenzaba a preocuparme que no se diera cuenta; para ser un "prospecto al mejor ingeniero" estaba siendo muy lento. Sin embargo, a Valeria no le causó gracia el muy elaborado repertorio de palabras de su novio cuya cara lucía como un tomate maduro y regordete a punto de estallar. Dijo algo más en francés que no entendí, pero a juzgar por cómo los ojos de Valeria se cristalizaron supe que no fueron cosas buenas.

A la misma velocidad que ella llevó las manos a su boca sorprendida, mi puño aterrizó en la cara del francés. Aquella tarde recibí la golpiza de mi vida (la única que ha valido la pena) y conseguí un nuevo expediente en el departamento de policía, y uno para los chicos por ayudarme o como el agente de turno prefirió llamarle "vandalismo". Valeria fue perdonada, mejor dicho, pasada por alto. Ninguno de nosotros mencionó la fuerte patada que le propinó a su ex. No entiendo por qué la enfermera llamó a la policía cuando Peter llanamente le explicó el por qué dejamos a un francés en emergencias, vale, fuimos nosotros, pero al menos tuvimos la decencia de llevarlo a un hospital. Valeria en cambio quería dejarlo en el contenedor de basura. Fue la última vez que supimos de él.

¿Fue aquella gloria divina a favor de la relación que tanto me empeñaba en construir? Como diría mi lunática favorita: sí, pero no. El reloj marcaba las dos en punto de la madrugada. La tormenta que desde dos días atrás amenazaba convertirnos en paleta por fin daba paso libre, los chicos dormían en cualquier rincón, un francés muy enojado yacía en el hospital y mi Val fingía ver Bob Esponja en la sala de estar.

— ¿Que no es la cuarta taza de café desde que llegamos? —preguntó.
—Sexta.
—Patricio me mata con su sabiduría.
Giró en mi dirección dándole la espalda al televisor y dijo: — ¿Crees que él tenga razón?
—No estoy seguro, esa estrella tiende a decir cosas tan estúpidas como profundas.
—Thim, ¿Crees que Thim tenga razón?
—No lo sé, linda. No entiendo el francés.
— ¿Y por qué lo golpeaste?
—Te hizo llorar, suficiente razón para mí.
—Oh.
Me senté a su lado.
Su piel mantenía esa tonalidad trigueña de cuando llegó. No podía no verla y recordar a la chica entusiasta y respondona de la que me enamoré, viéndola ahí rota fue que entendí que realmente estaba loco por ella, supe que no solo la amaba en sus momentos de lucidez y alegría, sino que estaba atrapado, incluso encantado con sus demonios, también. Amaba cada una de sus fases, momentos oscuros y soleados, amaba tanto aquella mujer que me sorprendía a mí mismo.
—Ahora —dije clavando la vista en mis manos— ¿me contarás qué fue lo que te dijo? Porque necesitaré que alegar frente a la corte cuando lo mate, además de Te amo, claro.

Sus ojos estallaron en lágrimas, sus brazos se aferraron a mi cuerpo y su rostro hundido en mi pecho. Así permaneció por lo que creo fueron treinta minutos. Se separó de mí lo suficiente que exige el espacio personal reglamentario. Se enrolló la manga del horrible sweater de pandas que para ella era hermoso y para mi adorable, agachó el rostro supongo que avergonzada reluciendo una hilera de cicatrices a lo largo del antebrazo, algunas enrojecidas y otras apenas cicatrizadas. La piel se levantaba. Era más que algo superficial. ¿En qué momento se supone que ocurrió? No supe qué decir, no supe qué maldición decir. ¿Cuándo mi Val pasó a ser parte del cliché? ¿En qué momento la Valeria que sacaba a flote dos mil y una razones por la cual ese tipo de cosas no se deben hacer terminó atrapada en la red?

Lo siento, no sé cómo poner en palabras el dolor que sobrecogió mi corazón. No supe cómo reaccionar y al no tener palabras fue que la sujeté en mis brazos con tanta fuerza...con tanto miedo a perderla.

—No me odies —dijo en un sollozo apenas siquiera entendible.

Le sujeté de ambos brazos obligándole a verme a los ojos. No estoy seguro de que las almas puedan llorar, pero lo mía se ahogaba en el llanto.

— ¿Hace cuánto?

—No tanto...

—Val

—Lo siento ¿vale? No soy perfecta...no lo soy.

Reí.

— ¿Y tú por qué crees que me traes de cabeza?

Sostuve sus manos con toda la delicadeza que pueda existir en el planeta.

— ¿Qué fue lo que te dijo, linda?

—No he superado lo del abuelo..., están sucediendo cosas, estaba sola y sin saber cómo deshacerme de la tensión. Aquí resulta más fácil con ustedes zumbando cerca pero allá —suspiró más cansada de lo que permitía ver—. La depresión no es para nada bonita..., él dijo que debí morir. Dijo que de saber lo perra que era me hubiese dejado desangrar aquella noche.

Y fue ahí donde me sentí culpable, pero es que ella se había mostrado tan fuerte e independiente, tan...ella a su manera que se me hizo imposible ver grietas a través de tanta felicidad. ¿Cómo fue que ninguno de nosotros lo notó...? Le abracé aún con más fuerza, temía tanto que se desmoronara en mis brazos, frente a mi...

—No necesito tu lastima, Harry. No tienes por qué ser condescendiente, sé perfectamente lo que estás pensando...

La detuve de inmediato.

—Dime que pienso —le reté.

—Piensas...

—Pienso en cómo pude ser tan egoísta como para no ver más allá de lo que dejabas ver. De cómo he sido tan ciego y bruto.

—No quieras llevar mi carga.

—Sabes que podías decirme ¿no?

—Sí, pero no. Justamente buscaba evitar este incómodo momento.

No recuerdo cuando nos quedamos dormidos. Ella lloró toda la noche en silencio y yo hice de cuenta que no la escuchaba igual que cuando murió su abuelo. Entonces descubrí que por alguna treta de la vida Val y yo, en el poco tiempo que llevábamos conociéndonos, terminábamos en el mismo lugar lo que de paso me hizo cuestionar cómo diablos es que pasaba pues según algún estúpido orden que alguien decidió establecer se requiere más tiempo que este para estar así de acostumbrando a alguien, pero éramos ella y yo después de todo y debía entender que nunca funcionaríamos como se supone debía ser.

No creo que he aprendido lo suficiente para los años que llevo en el mundo, de hecho, siendo honesto me falta muchísimo si pretendo alcanzar al promedio. Antes de terminar la preparatoria creí que lo tendría todo, juré que seguiría siendo el rey del mundo..., que lo tenía todo al alcance de la mano y en aquel momento, en aquel momento estaba allí, tres años después echado en el sillón de mi mejor amigo con su mejor amiga, probando a mí mismo lo dependiente que

terminé siendo lo cual sonó como la idea más ridícula pues depender de alguien más no era mi especialidad, no hasta mi primer semestre en la universidad. La cosa es que nada ha resultado como lo planeé, no creo que los planes resulten con frecuencia, ya no lo creo así.
La mujer a mi lado con corazón de niña me enseñó que la vida rara vez sucede como la planeamos, sino que es eso que acontece mientras, sé que lo aprendió de uno de los Beatles, pero se lo otorgo si eso pone una sonrisa pura y sincera en sus labios. Y tengo tanto miedo de perderla, de que quede atrapada en la negrura que atraviesa su alma, temo no ser tan fuerte para sujetar su mano..., me sobrecoge la angustia de que al otro día o la siguiente semana Valeria no fuera más que un recuerdo. Es un futuro en el que definitivamente no podría vivir y es que se puede pasar la vida como nómada sin embargo cada cierto tiempo cuando a la vida le viene en gana aparece una persona con el poder de hacerte querer establecer en equis lugar y esa persona fue ella. No concibo la simple idea de no tenerla. No era medianamente feliz, estaba medianamente muerto pues, así como una parte que desconocía de ella se encontraba rota y deshecha yo moría a su lado.

Medianoche del 28 de noviembre, temo perderla...

DE CORAZONES Y OTRAS COSAS

— ¿Debes hacerlo? — pregunté mientras sacaba el cajón de medias.

—Tengo qué, rizos.

Sonreí a medias al escucharle llamarme así, desde que rompimos no lo decía con ese tono juguetón y seductor tal como lo hizo en aquel momento. Bolsas de McDonals rondaban sobre la cómoda, los paquetes de gusanos de gominola por todos lados. Era imposible no vernos y notar lo mucho que la amaba.

— ¿Por qué tantas medias? —dije lo más animado posible en busca de callar el lamento de verla partir una vez más.

En un mundo perfecto la mujer que amo estaría a mi lado saltando de un mueble a otro, tomando café a cada hora y té antes de dormir, viendo películas animadas y de superhéroes, completando mi universo no empacando para volver a Francia en seis horas. No mencionamos el tema "nosotros" desde la noche que terminó de derrumbarse en mis brazos, no pareció correcto o a tiempo, simplemente regresamos a ser los mismos amigos de siempre con uno que otro beso de polizonte. A pesar de todo no resistí la idea de permitirle marchase sin decirle lo que siento, no por segunda vez.

— ¿Por qué me miras así? ¿Acaso ya enloqueciste? —dijo.

La tomé en mis brazos y caímos a la cama. Su mirada, sus labios...toda ella podía conmigo, me dejaba de rodillas, doblegaba mi voluntad por completo. La acorralé entre mis brazos, uno a cada lado y juro que sus ojos me hipnotizaron. Entonces fue cuando después de mucho tiempo, sin peleas llanto ni rabietas, dije las palabras que, sin importar los siglos que pasen, pertenecían explícitamente a ella: —Te amo.

Frunció los labios y me miró de esa forma que hasta hoy en día solo he visto en su hermoso rostro.

— ¿Crees que yo no?

— ¿Por qué lo hiciste? —en cambio pregunté impulsado por las imágenes que sus ojos inyectaron en los míos de una Val sola, rota..., echa ovillo en un rincón sosteniendo una navaja afilada, derramando sangre a montones. Rehuyó a mí y no hizo falta decir que no solo las heridas en su cuerpo eran recientes.

— ¿Valeria?

— ¿Podemos olvidarlo?

— ¿Seguirás haciéndote daño?

—Puedo intentarlo.

Boletos de avión, sueños y Francia me han arrebatado a la mujer que amo por segunda vez. Dio media vuelta antes de abordar tan sólo para susurrar un te amo sobre mis labios, se mordía constantemente el labio inferior conteniendo las ganas de llorar como lo que ella llama una mujer débil. El veintinueve de noviembre luego de regresar del aeropuerto, cerré la puerta a penas y provocando ruido al rozar el marco, me deslicé hasta yacer en la alfombra abrazando mis piernas y la cabeza sobre las rodillas..., ya la extrañaba. Sacudí la cabeza una y otra vez en un vago y patético intento de sacar su imagen de mi mente, pero tal como sospeché fue imposible ¿si nos amamos por qué estar tan lejos? ¿por qué estaba echado con ganas de llorar si claramente corrió hacia mis brazos por la simple razón que olvidó decir te amo?

De pronto frío caló mis huesos, no el frío producto de la temperatura sino otra clase de frío; a diferencia de otros inviernos ese en especial resultó intenso, aunque la tormenta cesó y el del clima prometió no más sorpresas, algo dentro de mí se retorció en formas físicamente imposibles. Alcé la vista al termómetro, fui al calentador ¿Qué maldición me estaba ocurriendo? El apartamento comenzó a moverse de un lado a otro y de súbito sudor corría por mi frente y las manos me temblaban. Como pude llegué al sillón, tanteé mis bolsillos en busca del teléfono celular y marqué el primer número que vislumbré. La falta de aire quemaba mis pulmones. No tardó para que la luz pasara a oscuridad, el mundo se apagó dejándome sumergido en lo desconocido, solo.

No recuerdo durante cuánto tiempo estuve inconsciente, cuatro pares de ojos me observaban preocupados, el lugar dejó de moverse, palpé mi frente y al igual el sudor paró de correr.

— ¿Estás bien? — preguntó Andrew quien como los demás estaba más pálido que un papel.

— ¿Q-qué hacen aquí? —me las arreglé para preguntar.

—Tú me llamaste —dijo Adler con el móvil en manos— intenté comunicarme contigo, pero no respondías...

Meses atrás Adler y yo nos peleamos como jamás habíamos hecho en años o desde que nos conocimos y aunque en varias ocasiones de lo que va de año pensé que no seríamos amigos, que le daba lo mismo verme desangrar a mitad de la calle o que incluso, tal vez, no fuimos tan hermanos como dijimos ahí lo tenía con el semblante atiborrado de preocupación por el simple hecho de que no respondí a su llamada y la casualidad de que su número fue el primero que marqué. Según mi trastornada ex, las casualidades no existen sino el producto de un destino sabiamente juguetón. No obstante, yo estaba bien (eso quería creer) y los chicos se mostraban más preocupados de lo normal. Media sonrisa anclada a mi rostro se desvaneció y quise saber.

— ¿Qué sucede?

—Te encontramos inconsciente ¿y cuentas con el descaro de preguntar qué sucede? —Peter fue quien habló, pausó un segundo dando paso así a la incómoda tensión que se instaló en la sala sin avisar—. Te llevamos al hospital y no sentiste nada, despertaste por unos minutos hasta que los doctores te drogaron y enviaron a casa.

—Supongo que si me enviaron a casa es porque estoy bien... ¿o es que voy a morir? —bromeé.

—Únicamente fue un puñado de estrés; como la primera vez —Peter no quiso decirlo en voz alta, pero sé que se refería al día en que enterramos a papá. Cuando me encontraron en el cobertizo de la casa de los abuelos en el mismo estado.

— ¿Un puñado de estrés? —inquirió Erik—. No sé qué mierda sucede o lo mucho que estés preocupándote por el calentamiento global, Harry, debes cuidarte.

Esa noche fui a la cama tarde pues Valeria llamó preocupada. Las noticias literalmente vuelan. No colgó hasta obligarme prometer que tendría cuidado. Ciertas cosas suelen pasar cuando no lo esperas, como el golpe sin aviso llamado Valeria Alessandra D´Amico Y estoy consciente de que posiblemente toqué fondo al hablar de ella con tanta frecuencia, pero ¿es acaso mi culpa haber aprendido un montón de cosas, extrañas pero útiles a su manera, en menos de un año de alguien a quien conocí no más de once meses atrás y que casualmente de paso terminó siendo el amor de la puta vida que me ha tocado vivir? Sí, ha de sonar un poco desequilibrado, lo sé, no obstante perder la razón fue el primer requisito para caer al suelo por lo que me gusta llamar "mi loca italiana favorita".

Recogí la chaqueta negra que descansaba sobre el desayunador, las llaves sobre el recibidor y cerré la puerta de golpe. No podía perder tiempo pues diciembre llegó, más exacto el veintidós de diciembre llegó y lo más importante Val había llegado también. Sucede que el del clima tuvo razón y las tormentas cesaron, era seguro salir a la calle sin temor a quedar congelado, los vuelos tenían paso libre y en pocas horas Valeria estaría de regreso con nosotros, le diría lo mucho que la amo con locura que no tengo planeado vivir sin ella y la besaría hasta obtener un rotundo sí...el mejor plan desde que intenté trepar por la chimenea. Llegamos una hora antes, todos estaban emocionados incluso la nueva chica que salía con Andrew, Oliv que no tengo idea de donde salió o cómo conoció a Val..., no lo cuestioné tampoco, mucho fue lo que me perdí durante los meses de hielo entre ella y yo.

—Voy por un café —dije. Vi la hora en la pantalla del móvil, quería cerciorarme de estar de regreso a tiempo.

—Te acompaño —Addler dio un paso al frente. Nadie dijo nada hasta llegar, sin embargo, estaba al tanto de deberle una disculpa enorme y ni se diga sobre disculpas.

—Lo sé —dijo antes de que siquiera formulase una palabra completa.

—Pero ¿ah?

—Eres predecible —encogió los hombros como si fuera noticia mundial.

—Aun así, gracias.

—Ey ¿para qué son los amigos sino golpearte cuando lo necesitas?

Estómago revuelto, respiración apresurada, nervios a flor de piel..., yup, como un típico adolescente con las hormonas alborotadas. Un mar de gente salía menos mi humana favorita.

— ¿Pueden verla? —preguntó Oliv y un no a coro apagado fue lo que contestó. Oliv parecía ser una buena persona, incluso más dulce que Eliza. Su mano sujetaba la de Andrew y provocaba diabetes verlos todo el camino rumbo al aeropuerto. Me contó que había conocido a Valeria el verano pasado en clases de Diagramación y como salía con ella mientras nos evitaba luego de haber terminado.

—Apuesto lo que sea que olvidó la hora del vuelo —soltó Erik en un bufido. Y cuando ya cansados de buscarla entre la multitud, Peter gritó un "ya la vi" que me devolvió la vida.

Llevaba gafas transparentes que sólo usaba para dibujar, aunque las necesitaba a tiempo completo, el cabello recogido y flequillos bailando por doquier. Sonrió al vernos, y aunque lucía sincera, era notorio el cansancio en su rostro. Llevó las gafas por sobre su cabello y para cuando mis pies se movieron desesperados por llegar a ella, su cuerpo cayó inconsciente al suelo.

Lunes 22 de diciembre del 2016... No sabía lo que estaba por venir.

SPERARE

No comprendí lo que ocurriría, en realidad tenía la sospecha de hacerlo más estaba más aterrado que nunca de llegar a una conclusión por mí mismo. Diciembre jamás fue tan negro y lleno de desasosiego. Tres horas para la media noche y Erik iba de un extremo a otro con el teléfono al oído y el corazón dividido entre Italia y Londres, su novia y su mejor amiga que resultó ser la hermana gemela del amor de su vida. Algo ocurría entre Mel y Val que ni siquiera él sabía, lo cual me dejaba a mí en medio de la nada sin respuestas ni salida. Y es que mi Val era de esas mujeres que por no mostrarse débil o ver un rostro preocupado frente a ella callaba el dolor, aunque la doblara en dos.

Oliv dormía sobre el hombro de Andrew quien repiqueteaba los dedos sobre su pierna desde que llegamos, Peter perdió el color de la piel y la sonrisa que por tantos años se empeñó en mantener sin importar lo mucho que el mundo se le viniera encima; a veces pienso que él y Valeria eran tan parecidos que de ser hermanos fueran diferentes, pues poseían un carácter disparejo sin embargo esa sonrisa intachable era justamente igual a la del otro, podías apreciarla sin importar que arrugado se encontrara su corazón. Adler estaba todo rojo, echado en un sillón con la cara entre las piernas, y yo..., yo me encontraba sin vida.

Las horas corrían como miel y nadie decía nada. De pronto sentí como la habitación azul muerto comenzó a girar, mi cuerpo perdió temperatura y el estómago amenazaba con vomitar el desayuno. Caí sentado al lado de Adler con pocas ganas siquiera de levantar la cabeza, llamándolo con voz rasposa y queda.

Los chicos se reunieron frente a mí. Los pulmones me pedían aire con desespero y de a poco la luz abandonó mis ojos dejándome sucumbido en la oscuridad. No de nuevo. De pronto quedar inconsciente luchaba por la gran atención que prestaba a la mujer unas cuantas habitaciones lejos de mí pues a pesar de que ahora tampoco sabía que me pasaba ella seguía siendo mi mayor preocupación. Quería llorar, gritar, maldecir..., todo el mismo tiempo. Necesitaba hacerme escuchar, escucharla a ella, pero simplemente no podía. ¿Qué tan malo fue lo que hice para merecer esto? Jamás pensé que ese año en especial sería tan mierda cuando lo recibí con los chicos, vale sé que lo terminamos de recibir en una clínica con mi pequeña demente en emergencia, pero ¿estábamos destinados a terminarlo de la misma manera? ¿o no estábamos destinados a terminarlo del todo? En aquel momento cuando la luz de las bombillas me quemaba los ojos dándome la bienvenida de vuelta a lo consciente incluso pensé que ni ella ni yo lo lograríamos para fin de año. Estaba asustado.

— ¿Estás bien, viejo? —uno de los chicos preguntó, no enlacé la voz con un quién, aún sentía como la cabeza iba de allá para acá con desgano. Hice uso de todas las fuerzas que me quedaban, si es que restaba algo en lo absoluto, y me incorporé en lo que luego noté era una camilla.

— ¿Qué ocurre? —me las arreglé para preguntar. De pronto Erik apareció entre los demás con media sonrisa que fácilmente desmentía las ojeras que cargaba bajo los ojos. Aun así, no sentí que su expresión fuera sincera.

—Ey, Bello durmiente —dijo—, tengo algo que te devolverá en sí más rápido que todos los medicamentos del mundo.

Le miré expectante. De alguna forma la incertidumbre se reflejó en mi rostro y un "ya" me devolvió el aliento.
—Quiero verla.
— ¿Cómo te sientes? —preguntó Andrew dando todos por ignorada mi petición.
—Estoy bien. Quiero ver a Valeria.
—Quizás deberías ir a casa y dormir un poco —intervino Adler.
—Quiero ver a Valeria —insistí.
—La enfermera dijo que se encuentra bien, puede tomar una siesta aquí, no hay ninguna diferencia —agregó Erik cruzado de brazos.
¿Qué todos se pusieron de acuerdo para ignorarme?
— ¿PUEDE ALGUIEN DEJARME VER A VALERIA?

Ni siquiera la primera vez que la vi partir sentí tanta impotencia y angustia como aquella noche. Y es que me he dejado consumir a un nivel sorprendente. De una manera irremediable e incluso casi obsesiva; no concibo pensamiento de una vida sin ella. Ese fue mi error y mayor pecado. Sus labios ya no eran rosados, su piel se tornó pálida, más pálida de lo que jamás fue, lucía tan débil...tan...tan sin vida que por un segundo juré haberla perdido. No encontré qué decir, nadie me decía nada y actuaban como si pretendieran no decirlo jamás. Me encontraba más perdido de lo que estaba dos horas atrás cuando el aire y la luz me dijeron adiós.

Acaricié su rostro desde el mentón hasta la hebra de cabello que gentilmente colgaba sobre su frente, medio intento de sonrisa luchó por asomarse tratando de consolarme con la frágil mentira de que Valeria se iba a recuperar, pero no le creí en lo más mínimo; necesitaba ser positivo, quería serlo. Busqué desesperadamente una esperanza a la cual aferrarme mas no encontré nada y es que se veía tan lejos estando aún allí entre mis dedos.
Sentí la puerta abrirse y cerrarse. Mantuve los ojos en ella y con la voz temblorosa al borde del llanto le pregunté a Erik, le rogué que me dijera la verdad. Cerré la mano que tenía libre en un puño como

si eso fuera a contener de algún modo el torbellino de angustia y rabia en mi dolor ¿Por qué las personas buenas atraviesan por este tipo de cosas?
Es increíble, resultaba irónica la manera en que la coloqué sobre un pedestal sin notar que, mientras alardeaba de conocer el más mínimo de detalle, solo fui capaz de ver lo que ella permitió, lo que quiso que viera. Mi corazón se arrugó al pensar en las tardes prolongadas en semanas que desaparecía sin dejar rastro alguno, en lo sola que debió sentirse obligándose a ser fuerte por su propia cuenta. Dolía admitirlo, pero, lo único cierto en aquella habitación era que yo no estaba listo ni aceptaba aquella verdad. Todo lo que deseaba en el mundo era verla abrir esos dulce ojos que tanto me reconfortaban, escucharla reír, quedarnos despiertos hasta la madrugada conversando de todo y de nada. Y sé que es mucho amor en menos de un año, no obstante ¿Quién dijo existe un plazo de tiempo determinado para enamorarse?

Quería cargarla en mis piernas y quedar dormidos viendo dibujos animados, hacerla enojar confundiendo los superhéroes de DC y Marvel, decirle que Superman era el mayor héroe de todos los tiempos tan solo para que me dijera los puntos filosóficos del por qué Batman era mucho mejor. Mientras acariciaba su mejilla y le observaba como el ángel que ella ha jurado no ser fue que supe cuánto deseaba tomarla en brazos, hacer de nuestra pequeña locura un mundo y de ese mundo formar una vida donde ella fuera mía y yo fuera suyo, sostenerla en mis brazos, ser tan egoísta como para nunca dejarla partir porque eso hizo Valeria de mí: un egoísta ridículamente justificado, avalado por la extraordinaria excusa del amor.

Media noche del 23, tengo miedo.

MISERICORDIA

¿Es siquiera concebible la idea de conocer realmente a quien amas en su lecho de muerte? ¿Será que la amenaza a la inevitable desolación nos impulsa a abrir los ojos y, de ser así por qué hay que esperar ese preciso momento para hacerlo, entonces? No soy el hombre más hábil con las palabras, no se me da bien esa cosa de sincerarse, no al grado que una mujer desea lo haga un hombre, al menos. No soy poeta o el más sobresaliente de la clase, no creo ser tan importante para nadie, no para una multitud, siquiera me considero sociable, aunque quizá quienes me conozcan digan lo contrario ¿Quién sabe? Sin embargo, tal parece que sí soy un mal nacido cuyo espíritu fue atrapado por la injusticia del Karma y...Ya hasta hablo como ella. Maldición.

Una de las características que más me gustaban de Valeria y admiraba, era su capacidad de sonreír incluso cuando intentaba llorar, literal. Aquella chica en cuerpo de mujer había descubierto el secreto o lo que sea que se supone uno deba saber para simplemente ser feliz, y es que no la catalogaba como Hippie pues como muy propio es de escucharle "las etiquetas tan solo imponen fronteras" pero habitaba algo en su espíritu que quisieras o no te obligaba a verla dos veces. Me aterraba no ser capaz de contar con el tiempo suficiente para decirle todo lo que tengo por decir y solo aguarda ser escuchado por ella. Temía no tener suficientes noches a su lado, no ser bastante bueno como para tratarla como lo merece o amarla como ella necesitaba ser amada, y es que temo tantas cosas, pero no hacía nada.

Sus ojos permanecían cerrados en contra de mi voluntad, por más que rogué durante la hora y media que llevaba sentado a su lado ni siquiera sus pestañas dieron señal de vida. Ahora que me detengo a pensarlo suena como una total locura que estuviera así de colado por una mujer que apenas había conocido el invierno pasado; sucede que también me asustaba pues si me tomó un invierno y menos de trescientos sesenta y cinco días para enamorarme de tal manera ¿qué ocurriría si conseguía el tiempo que realmente quería pasar a su lado? Constantemente acariciaba su mano consolado por el débil pensamiento de que sentir su piel no propiamente caliente como debería ser, pero si lo suficiente para seguir vivía, me hacía sentir mejor.

Algunos meses atrás en el verano, mientras le decía a Valeria el por qué es bueno comer carne y ella alegaba lo equivocado de mi punto de vista, Adler mencionó algo sobre gripa, ella algo más sobre que estaba bien y para cuando llegué a entender qué pasaba se aseguró de hacerme creer que no tenía de qué preocuparme, después de todo un poco de gripe es explícitamente normal y Erik exageradamente paranoico. Meses más tarde me encontraba sentado al lado de su cama en un hospital acostado lo más cerca posible y acariciando su mano rogándole abrir esos ojos marrones que me enloquecían con un solo pestañear. Según la doctora que la atendió, y por lo que pude entender, algo en la sangre de Valeria no marchaba bien. Valeria padecía Fibrosis Pulmonar ¿por qué colapsó? Su sangre dejó de recibir el oxígeno suficiente. No, no entendí mucho deba elaborada explicación que recibimos a excepción de que 1) se moría en mis

brazos y 2) maldición moría en mis manos y no podía hacer nada para detenerlo.
Mientras yo estaba muy ocupado estando inconsciente por causa de un ataque de pánico, Val recibía una transfusión de sangre de emergencia y permanecía conectada a un tanque de oxígeno tal. A pesar de que me aseguraba que todo estaría bien, que siempre salió bien en el pasado, no evitaba pensar en que ocurría más con Valeria de lo realmente sabíamos.

— ¿Sigue sin despertar? —Erik preguntó apenas asomó la cabeza por la puerta. Sacudí la cabeza de un lado a otro en negación.
— ¿Ya pasó antes? —pregunté consciente de que permanecía a un lado, igual de preocupado.
—Solo una vez cuando estuve en Italia. Tenía unos diecisiete años... —silencio—, descuida, ya una vez superó esto...lo hará de nuevo.

Dios sabe cuánto necesitaba creer aquellas palabras.
Y de nuevo el fastidioso silencio.

No renuncié a permanecer trazando líneas y círculos en su brazo, a rezar por ella incluso cuando hace años no rezaba ni recordaba cómo hacerlo, prometiendo un montón de cosas sin sentido a cambio de escucharla y sentirla bien. Di una rápida mirada para comprobar que Erik siguiera allí y efectivamente lo hacía.

—Es gracioso —dijo—, y también irónico como todos se han apegado a ella en tan poco tiempo. Ella y Mel decían, bueno, dicen todo el tiempo que como son pequeñas Dios les compensó el tamaño que les faltó en gracia...

Quizá él no estaba dispuesto a quebrarse en público y no era necesario de todos modos pues para quienes realmente lo conocemos era obvio cuando dolido y preocupado se encontraba.

—No lo pongo en duda...—dije.

—Se pondrá bien, Harold —me aseguró—. Val es fuerte, dale unos días para que recupere su ritmo y estará como nueva.

Quise creerle, de verdad que quise hacerlo. Y así fue.

Para el mediodía del 24 de diciembre Valeria volvió en sí. Podría decirles lo memorable que fue, pero no, pues al despertar dio una mirada hacia mí, que dormía al lado de su cama, me sacudió un poco del hombro y una vez estuve despierto dijo: — ¿Babeando, Rizos?

Fui estúpidamente feliz. Está bien, sí fue memorable

La transfusión de sangre trabajó a la perfección al igual que sus niveles de oxígeno y si seguía así pronto la tendría de regreso en casa solo para mí.

—Vaya víspera de Navidad les he hecho pasar—bufón ella con desgano.

De alguna forma Adler se las arregló para entrar unas cervezas para nosotros, claro, y comida decente para Val sin que lo detuvieran. Almorzamos todos juntos como a principio de año cuando aún asistíamos a la misma universidad.

—Ni lo menciones, esto es una historia más que contar —aseguró Andrew.

—Para ustedes, pero ¿y Oliv? —se dirigió a la novia de Andrew quien definitivamente no estaba acostumbrada a nuestras tradiciones de último minuto. Y aunque cualquier ser humano con sentido común podría bien encontrarlo molesto o simplemente cansoso, Oliv resultó ser un tanto desequilibrada y no solo porque al parecer se adaptó con facilidad.

—Lo importante es que estás bien y no solo lo digo porque el pollo agridulce sabía increíblemente bien —dijo Adler.
—¿Cierto que sí? —exclamó Peter—, preparan el mejor pollo agridulce de todo Londres.
—Exagerado.

Nos aseguramos de no dejar evidencia al terminar, Andrew llevó a Oliv a su casa, quien a pesar de haberse portado como de la familia no pudo ocultar el cansancio en sus ojos al igual que él que lloraba por una ducha caliente. Adler y Peter no aguantaron una hora más sin dormir por lo que también se marcharon prometiendo, al igual que Andrew y Oliv, regresar en unas horas para cuando a Val por fin le dieran salida.

Me dejé caer contra la puerta de la habitación donde para ese entonces dormía mi loca italiana y resoplé más cansado de lo que creí.

—Te dije que estaría bien —dijo Erik. Sonreí en serio más tranquilo, aliviado—. Iré a ver lo de su salida.
—Está bien.

Sabiendo las tantas vueltas que se dan en un hospital o lo difícil que se les haría regresar a los demás con el tráfico que hay para víspera de navidad, giré sobre el talón directo a la habitación. Estaba física y mentalmente agotado por lo que no veía más que el sillón junto a la cama de Val invitándome a dormir, y puesto que últimamente mi sistema nervioso había decidido volverse mierda no podía darme el lujo de negarle al menos cinco minutos de sueño.

— ¿Harry Cross derrotado por una noche sin dormir? No es propio de un parrandero como tu—dijo con cierto tono divertido.
—Hablas como si fuera el fiestero más empedernido de toda Europa.
—Lo siento...

Le miré sin comprender.
—Adler me contó sobre los ataques de pánico..., lo siento.
—No fue tu culpa.
Me dio esa mirada de "los dos sabemos que tengo razón" mas no dijo nada, no hizo falta. Me hizo espacio a su lado, la atrapé delicadamente en mis brazos y retozamos hasta caer dormidos. Y es que tenerla de vuelta se sentía tan correcto..., incluso perfecto.

24 de diciembre, víspera de navidad. La amo.

CONTANDO ESTRELLAS

Ese año a Adler le gustó llamarle el año del "se nos hizo tarde". Se nos hizo tarde estar con nuestras familias en acción de gracia, se nos hizo tarde comprar los regalos de navidad y se le hizo tarde abordar un vuelo a casa de sus abuelos lo cual resultó ser más falta de ánimo que otra cosa, ligada a los sucesos que nos obligaron a pasar la víspera de navidad en el hospital. La verdad es que por alguna razón el lugar de Erik era más cómodo y desde que yo le seguí el paso y me mudé en el segundo piso del mismo edificio nos dio una razón más para intentar ser aún más independientes. A pesar de ello el "se nos hizo tarde" no fue tan catastrófico como sonaba pues nos hizo iniciar nuevas tradiciones, me obligó a pasar más tiempo con la mujer que amo. Y de ello no me arrepiento.

Sé que no he dicho nada más que no sea lo mala persona que he sido junto a lo mucho que significa Valeria en mi vida, no está del todo bien pero tampoco está mal. Siempre me ha gustado mantener presente los detalles que complementan mi mundo, un mundo que a comienzo de año era aterrador porque no hay quien diga que comenzar la universidad no es aterrador; el simple hecho de pensar en que es hora de construir una vida y que lo que llevas haciendo los últimos años no era exactamente eso provoca que las pantorrillas tiemblen como gelatina, pero, sin embargo, justo en ese momento de mi vida llegó Valeria, llegó para ponerlo todo de cabeza y me gustó. Me gustó como sus locas ideas me ponían a pensar dos veces antes de responderle, como sus ocurrencias me hacían el día, me gustó incluso lo difícil que fue llegar hasta a ella.

La nieve amenazaba con volver hacerse presente, y mientras Mamá, la abuela, Emma y Val (en contra de mi voluntad) se ocupaban de la cena Erik, Adler y yo nos empeñábamos en mantener la chimenea encendida mientras el abuelo veía la televisión en la sala de estar. A pesar del "se nos hizo tarde" Peter y Andrew se las arreglaron para llegar con sus familias antes de que comenzara la nevada, no tradicionalmente a tiempo, pero lo lograron. Adler y Erik no corrieron con la misma suerte pues si conseguir un tren a Bradford era misión imposible, encontrar un vuelo libre a Irlanda resultaba peor.

Hasta el sol de hoy aquella fue la mejor navidad que tuve en años, incluso mejor que cuando tenía nueve y recibí el avión a control remoto que tanto quería. Aunque a pesar de toda aquella paz ridículamente perfecta, algo no dejaba de advertirme que confiar a ciegas en mi entorno era un error fatal. No tenía idea del por qué estaba tan asustado si las cosas comenzaban a lucir tan prometedoras. En contra de cualquier locura que estuviera nadando en mi cabeza me alejé de los chicos por un momento y fui a la cocina. No era el mejor momento, pero es que con Valeria lo más inteligente era tomar el momento y ya pues esperar uno bueno era impredecible.

—Ey, Spidergirl ¿Tienes un minuto? —pregunté reclinado sobre el desayunador.

—Mejor ve, Valeria, antes que a mi hermanito lo mate la impaciencia.

Puse mala cara, Emma estaba en lo correcto. Necesitaba un momento a solas con Val sin el tiempo o anestesia de por medio. La última vez que Valeria estuvo en casa su abuelo había muerto junto con el brillo que tanto la caracterizaba, el cual amenazaba con no regresar y fumaba como loca compulsiva, en aquella víspera de navidad a diferencia de meses atrás ese brillo singular luchaba por mantenerse en pie y la nicotina era asunto del pasado. Atravesamos la casa de un extremo a otro justo hasta las puertas de cristal que daban a la terraza, la misma puerta de cristal donde, para mí, todo oficialmente comenzó. Ligeras marcas se mostraban en la parte posterior de su mano, debido al suero supongo, sus labios no habían recuperado su color por completo y bolsas danzaban bajo sus ojos más seguía siendo ella. Llevaba el cabello atado en esa clase de moño que nunca comprendí y las uñas pintadas de un azul metálico brilloso; me asustaba no saber a dónde íbamos ¿y si regresaba a Francia? Es de Valeria que se trataba, la mujer más testaruda que he conocido en mi puta vida.

— ¿Cómo te sientes? —maldición.

— ¿Quieres que crea que me sacaste de la cocina para preguntar cómo me siento? Eres más creativo que eso, rizos.

—Ne-necesito contar con la seguridad de que para año nuevo no harás las maletas marchándote lejos de mí.

— ¿Cuándo te volviste tan directo? —dijo, la mirada al piso y un sentimiento que no supe identificar.

— ¿Cuántas veces tengo que decir lo mucho que lo siento para que te quedes?

—No lo entiendes —dijo apenas audible—. Ya te perdoné. Pero, no quiero cometer otro error porque me guste o no me acostumbré a ti y me aterra no saber lidiar con esto, no soy buena en realidad. Sé que, aunque me quede, siempre estará la duda, el "¿y si me engaña una vez más?"

— ¿Lo dice la misma mujer que intentó subir un sofá con nada más que una cuerda a un segundo piso? ¿o la misma que intentó convencerme de saltar con paracaídas?

—Pudo ser Mel, nunca se sabe con esto de las gemelas —silencio. Por un momento concentró la atención en la alfombra que alguna vez fue beige y ahora lucía un marrón anticuado. No evitó silenciar su nariz y para cuando levantó la mirada sus ojos bailaban en un rojo doloroso—. Llámame de la vieja escuela —dijo, el aire apenas permitiéndole hablar claro—, pero quiero algo más que un novio con adicción a las apuestas y las cicatrices en mis piernas; necesito más de lo que tengo ahora, o al menos la certeza de que voy a estar bien.

—Y es lo que voy a darte.

— ¿Cómo puedes saberlo?

— ¿Cómo sabes qué no?

— ¿No fuiste tú quien en verano a las cuatro de la mañana me dijo que, y cito, lo bueno de la vida es no saber qué esperar? ¿A dónde tratas de llevar a mi Valeria?

Una vez más acorté la distancia entre ambos invadiendo el poco espacio personal que de por sí no respetaba. Y, aunque hablamos en susurros pues la casa se encontraba familiarmente minada, la tensión entre nosotros se encargó de alzar la voz y hacernos sentir pequeños en comparación, al menos lo hizo conmigo.

No evitaba ver a la misma chica reservada ante mis ojos el invierno pasado, cuando sus dibujos eran escritos, según yo, y me empeñaba en no sentir nada respecto a ella. Y cuando lo di todo por perdido, porque sí, para entonces creí haber perdido, no solo la apuesta que le hice, sino que a ella por completo; estaba al tanto que, si su decisión final no era yo debía atenerme pues después de todo fui yo quien lo provocó. Pero no, no fue así porque entonces mi desquiciada favorita dijo: —¿Por qué no solo me besas, rizos? Bésame antes que diga algo estúpido.

La sonrisa en mi rostro se desvaneció cuando Erik apareció con Jeremy en brazos, junto a nosotros.

—A cenar tortolos —dijo.
Al carajo el espíritu navideño, Dios sabe las ganas de matar a Erik que experimenté en aquel momento.
—Un segundo—pedí, Val sonrió y Erik intentó no hacerlo.
—No, no. Tu madre te necesita, así que, a moverse, Cross.

Giré sobre el talón con pesar rumbo al comedor. Logré escuchar a Etik preguntarle a Val un "¿Le dijiste?" y sé lo que piensan: debí enfadarme o peor, pero no. Verán, a lo largo del año aprendí que con respecto a asuntos románticos Valeria tendía a ser terriblemente precisa y mientras más se evitara decir más le gustaba por lo que solía recurrir a respuestas rápidas que lo crean o no resultaba bastante conveniente, así como me asustaba los escasos momentos en los que era abierta respecto a cómo realmente se sentía.

Existe un momento en la vida en el que uno decide no preocuparse, en el que nace un instinto ridículamente hippie, sin ofender a los hippies, son grandiosas personas, que te grita con fiereza ser libre y un montón de cosas más. Sigo sin saber si cruzaba uno de esos momentos o simplemente era víctima de los medicamentos que inconscientemente inquirí, pero sea lo que fuera me sentía feliz, en paz y con unas ganas de terribles de besar a la loca de pijamas peculiares y personalidad singular que justo antes de que mi mejor amigo apareciera inoportunamente me pidió que la besara tal y como esperé que lo hiciera desde el instante en el que se le ocurrió partir a Francia lejos de mí.

25 de diciembre, Navidad... Estamos bien.

PAURA

Hay una primera vez para todo, incluso cuando sucede en más de dos ocasiones. Todos alcanzamos una etapa que algunos denominan "Yolo" aka *"You only live once"* no obstante y terriblemente importante, no todos comprendemos el significado de tan común frase. No diré que no sentí amor antes, pero, sí digo y mantengo que es la primera vez que realmente conozco y comprendo lo que siento. Y sé que sueno ridículamente cursi, que unos cuantos arcaicos me han de llamar poco hombre de escuchar como hablo de la mujer que más he amado en este mundo y de seguro volvería amar en un millón de mundos más y vidas por venir, pero ¿qué se le va hacer? Como suele decir Emma últimamente "Es uno de los pocos, pero altos precios a pagar por amar" si..., puede que lo cursi sea de familia.

Dos días después de navidad el clon de Val tocaba a nuestra puerta envuelta en un montón de abrigos, guantes y gorro. He de ser sincero, cuando abrí estiré el cuello en dirección a la sala de estar para comprobar que Valeria seguía sentada en medio de Peter y Adler comiendo esos dulces de gominola que tanto le gustaban y viendo Doctor Who. No me acostumbraba del todo a ese asunto de la hermana gemela; nunca lo hice por completo, a decir verdad.

—Algún día tendrás que superarlo, Cuñado —palmeó mi hombro y entró como lo que de por sí ya era: parte de la familia. Nuestra familia, porque, aunque ninguno de nosotros lo diga en voz alta en eso es en lo que nos convertimos: una familia. Tampoco lo decíamos muy seguido, pero nos gustaba.
El año amenazaba con levantar el equipaje y largarse para no volver y con él la fiesta de Josh para año nuevo, la misma fiesta a la que aseguré ir con Valeria en mi tonta, pero a la vez bendita apuesta, y no vayan a pensar mal, no me arrepiento del todo pues me guste o no fue gracias a la tan odiada apuesta que obtuve el empujón, la excusa perfecta para acercarme a ella; lo único que lamento en sí es el daño que nos hice en el proceso.

La mañana del veintiocho de diciembre, mientras Erik consiguió arrastrar a Mel —luego de asegurarse que su hermana gemela estaba en perfecta salud— junto con él a Bradford, Val no pudo hacer más que rezar para que ese par no terminara enterrado bajo nieve o desparramado por un acantilado. Adler no corrió con la misma suerte pues si bien Erik se sumergió en el tráfico, el rubio prefirió quedarse con nosotros y llamar a Irlanda que arriesgarse en un avión; él no dijo nada, pero notamos cuanto deseaba estar en casa, aunque de todas formas sin necesidad de darlo a notar nos aseguramos de hacerlo sentir como en Irlanda. Yo estaba en casa de mamá sentado en el suelo con la espada reposando contra el sofá pretendiendo ver la televisión, acurrucado bajo una gran mata azul profundo junto a mi atolondrada italiana favorita. Su cuerpo cerca del mío, ella jugando con las pulseras de cerámica que bailaban en mi muñeca, esas cosas que murmuraba las cuales solo ella era capaz de decir..., como si nada hubiese cambiado.

La amo.

Fue como si simplemente volviéramos a ser ella y yo, como si nunca hubiésemos dejado de serlo. Sin embargo, ya no sólo persistía el inquietante sentimiento de que algo andaba mal en mi interior, sino que sentía la aguda, ridícula, pero al fin y al cabo preocupante necesidad de saber que éramos Val y yo, además de ser Val y yo, claro. No faltaba decirlo, pero necesitaba escucharlo, sentía la estúpida obligación de saber que estábamos bien.

— ¿Spidey? —la llamé. Su cabeza reposaba en mi pecho, el olor a durazno endemoniadamente dulce y benditamente especial de su cabello me embobaba sin chance a evitarlo —y no es como si quisiera, de todas formas—. Ella persistía en jugar con las pulseras en mi muñeca y yo en disfrutar de aquel mundo tan diminuto como para ser notado y lo bastante infinito para albergarnos a ambos.
— ¿Uh-uhu? —respondió.
—Te amo...—dije, y mi voz tembló como en aquella ocasión en la cafetería cuando por primera vez me disculpé por ser un gran idiota. Ella sostuvo nuestras manos juntas y, siendo muy poco de ella, me vio a los ojos. Un detalle acerca de Valeria: por más valiente que se empeñaba en parecer, siempre trabajaba en ser lo bastante fuerte como para mantener un simple par de ojos sobre ella. Hubo una vez en que le pregunté por qué entonces le era tan fácil enfrentarme y me contestó que los ojos son en verdad ventanas al alma y, a pesar de los altibajos que pudiéramos tener, de alguna u otra forma la mía le inspiraba la confianza que ella ansiaba. Luego amenazó con soltar una serpiente en mi cama si le contaba a alguien.
—¿Por qué no me llevas a la cama y hacemos oficial la reconciliación? —sonrió divertida. No tenía la mínima idea de dónde había salido esta mujer, no sé si era el resultado de leer muchos libros, ver tantas películas de Marvel o simplemente nació así, pero, existía algo en la forma jovial con la que decía y hacía las cosas, en su forma de ser que sin importar si estaba enojada o simplemente bromeaba, no dejaba de verse tan natural..., tan ella.

—Isabel no despertará en un buen rato y mamá, Emma y su esposo el abogado tardarán un poco en llegar así que...
— ¡Harry! —golpeó mi hombro, sé que su intención fue mostrarse sorprendida no obstante su hermosa risa me cubrió como hace meses extrañé que lo hiciera.

Un año no parece tanto, digo, si lo piensan con detenimiento son muchas las cosas planeadas para cada año nuevo y con suerte logramos hacer si acaso una de ellas o la mayor parte del tiempo no hacemos nada, sino que comenzamos a prepararnos para hacerlos quizá el próximo año. Suele pasar, pero es una maldita mentira. Sí se puede hacer mucho en trescientos sesenta y cinco días, si se quiere claro que sí. Es posible conocer a una persona en poco tiempo ¡Maldición, puedes compartir una vida en un año y sentirlo como si fueran diez años o incluso más! O sino miren mí no tan lógico ejemplo, en menos de un año quedé tan prendido de una mujer que incluso a mí me asustaba. A veces me gustaba mirar atrás, a pesar de que no se supone que lo haga, y recordar el montón de recuerdos que Valeria me brindó en tan pocos días. La tristeza y alegría por la que hemos pasado, los altos y bajos que nos han unido y separado...y todo en un año.
Admito que con la rapidez que todo avanzó, la manera en la que quedamos atrapados el uno en el otro constantemente temía perderla en cualquier segundo, supongo que es normal, quiero decir, cada cuanto llega alguien especial a nuestras vidas y sí, es normal sentir esa clase miedo.

Las veía allí sentadas y resultaba extraño, no es extraño que en el mundo existan gemelas, pero resultaba extraño observar aquellas gemelas en particular, y sé que incluso Erik que ha compartido años junto a ellas también lo encontraba... ¿raro?

Usaban el mismo peinado sin planearlo, trataban de no vestir igual pero tampoco daba resultado con frecuencia, de alguna forma eran diferentes..., demasiado. Pero otras veces te daban la sensación de estar viendo un clon.

— ¿Pueden dejar de vernos como si fuésemos fenómenos de circo? —dijo Mel sin dejar de prestar atención a su hermana. Peter se lanzó en medio de ellas atrapándolas en sus brazos con una sonrisa divertida en la cara.

—Comprendan al muchacho, trata de no besar a la equivocada— dijo, y mis mejillas se encendieron como árbol de navidad. Porque sí, él tenía razón.

Lo bueno es que por más similitudes estaba aprendiendo a distinguirlas e hice una lista, en serio. Como, por ejemplo:

1) Val amaba usar pijamas bizarros. Mel por otro lado, no;

2) Mel tenía el cabello más largo y un poco, no tanto, claro. Val lo llevaba un tanto más corto y ondulado. Siempre alborotado;

3) Y algo de lo cual estoy orgulloso: mi versión de las gemelas D´Amico tenía unas que otras pecas. No muchas, pero lo suficiente para hacerse distinguir.

Lancé una almohada a la cara de Pete y me puse de pie—. Sé perfectamente cuál es mi novia —dije con autosuficiencia y aunque por un momento mi cuerpo se tensó al notar que era la primera vez que la llamaba como "mi novia" desde que rompimos, intenté hacer de cuenta que no era la gran cosa y mantener mi camino a la cocina. Claro que Valeria no podía dejarlo pasar.

—Entonces... —deslizó las manos alrededor de mi cintura atrapándome en un cálido abrazo.

— ¿Entonces...? —dije en el mismo tono curioso.

—Tu... Tu no habías...

Increíble. ¿Saben acaso lo difícil que es dejar a personas como Valeria sin palabras? ¿no? ¡Vamos! La mayor parte de nosotros lidiamos con algún abogado empírico que no importa lo que digas siempre se las ingenia para saber qué responder, y sí, Val era mi abogada empírica personal, la de todos, a decir verdad. Sonreí a pura felicidad. Algo dentro de mí que por rato apagaba la sensación de preocupación se extendía por todas partes, me llenaba a gusto y cálido.

— ¿No había...qué? —pregunté como si no supiera nada, aunque la sonrisa en mi rostro no ayudaba.
— ¡Harry!
—Y creí que era yo el inseguro...No lo dije antes porque no creí que tú, pues que quisieras...
—Ya decía que mucho me conocías para tan poco tiempo.
— ¿Entonces...estamos bien?
—Lo estamos.

Se inclinó tanto como pudo y besó mis labios.

El treinta y uno de diciembre todos estábamos en Barnes, si bien para acción de gracias anhelábamos salir de Londres, no existía fuerza en el universo ni madre sobre la tierra que nos separara en año nuevo. Cuando éramos pequeños hacíamos lo mismo, excepto por la vez en que nuestras familias tomaron la absurda decisión de viajar sin nuestro consentimiento, Erik se marchó a Bradford, Nial abordó un vuelo directo a Irlanda, Peter a Doncaster, Andrew fue arrastrado a Welverhampton y antes de notarlo yo ya estaba en Holmes Chapel. No quieran saber cómo unos chicos de quince y dieciséis se las arreglaron para escapar en navidad, pero, en víspera de año nuevo esos cuatro idiotas mejor dicho mis mejores amigos aparecieron en casa de los abuelos, sí, bajo nieve. Por eso es que Val dice que ese año en específico no viajamos con nuestras familias por pura vagancia.

Sigo sin averiguar como lo hicieron, sin embargo, en aquel entonces preguntar era lo de menos, Peter siempre, y en serio que siempre, ha sabido como meternos en situaciones realmente únicas, pero también sabe cómo movilizar medio país, y el hecho de que fuera mayor que nosotros tan sólo le daba acceso a llevar tres adolescentes de un lado a otro. También recuerdo que estuvimos castigados hasta primavera, pero valió la pena. Desde entonces pasábamos cada año nuevo juntos son excepción.

No fui capaz de soltar a Val en toda la noche, entonces era yo el preocupado porque su mano no se prendiera en fuego, Erik sonrió burlón pues un año atrás él pasaba por lo mismo. Aun al finalizar la cuenta regresiva, ver como las bengalas estallaron como esperaba y Val, mi Val sin una quemadura la sensación de miedo no me dejaba solo ni por un segundo. Comenzaba a volverse fastidioso. No fue tres días después, un cuatro de enero del 2016 que la paranoia cobró sentido.

El café seguía siendo el mismo, ella ya no llevaba su cuaderno de dibujo y yo no iba por la orden de mi hermana. Ocupábamos una mesa más grande y reíamos abrigados de extremo a extremo, chocolate caliente y las galletas de canela que una vez más ordenó, pero no probó. La nieve no fue tan fuerte, sin embargo, a comienzo de enero se posaba gentilmente en la ventana y la entrada, el frío era esa clase de frío que te hace sentir cómodo...mi vida iba a pedir de boca. Entonces, al salir, de camino al estacionamiento pasó.

— ¿Estás bien, Linda? —sujeté su mano tal vez sobre preocupado. Ella sonrió en una mezcla de nostalgia, dolor y anestesia que me confundió. Su cuerpo tiritaba más de lo que debería. Val jamás fue del tipo que guarda mucho silencio, sin embargo, esa mañana su ánimo se apagó de un momento a otro y sus labios simplemente callaron.

—No es nada, rizos.

Y la paranoia acrecentó.

Les contaré algo curioso respecto a estar vivo: una vez te regodeas de ser feliz, el universo, cosmos o lo que sea se encarga de joderte. Al menos ha sido mi caso.

De pronto Valeria dejó de caminar, los demás lo notaron. Mel giró en nuestra dirección y sus ojos, juro que sus ojos me vieron con una tremenda tristeza queme desconcertó.

— ¿Valeria? —dijo Erik al notar que ninguno decía nada— ¿Te sientes bien, pulguita?
Y cayó. Así como así, de la nada. Su cuerpo cayó en mis brazos, pálido y falta de vida ¿cómo? Les explicó cuando tenga idea.

Era la segunda vez desde cuándo colapsó en el aeropuerto, que siento tanto miedo.

4 de enero, déjà vu.

SONNECCHIA

Y entonces no entendí si tan sólo estaba de paso o la tendría para toda la vida. Como si desde que llegó algo a nuestro alrededor se empeñara en jugar a floja y estira con ella, conmigo. Puedo decirles que fue tal vez la tercera noche más larga del año, la cuarta incluso si contamos la ocasión en la que se marchó con Erik a Italia, pero no, esa en particular fue diferente y sí, aún más que la semana anterior a esa cuando a pesar del miedo de saber que posiblemente la perdía sin decirle cuánto le amaba los chicos encontraron la forma de mantener la calma, de mantenerme a mí en calma porque muy profundo ellos sabían que todo iba a salir bien, pero en aquella ocasión estaba su hermana, cuñado, hermanos que no son sus hermanos, cuñadas con las que siquiera hemos tenido el tiempo de compartir y ella postrada en una cama obligándome a temer por su vida, nuestra vida y el futuro con el que sueño desde hace un año y amenaza de la forma más torcida y silente posible con no ser real.

—Se te irá toda la cabeza a la sangre —dijo Adler. Palmeó mi espalda según tomó asiento junto a mí.

—Si consigue llevarme en lugar de ella entonces no hay problema —respondí de mala gana con la cabeza entre las piernas.

—No morirá, Harry.

—No lo sabes, Adler.

Llegado a ese punto ambos escogimos callar, no porque no hubiese nada más por decir sino porque lo que sea que hiciera falta no

necesitaba ser dicho. Entonces, lleno de sentimientos que aun a dicha altura de juego eran nuevos para mí, decidí aferrarme a la sonrisa de Valeria que correteaba en mi memoria y romper el silencio porque después de todo Adler llevaba un punto a favor: no sé si moriría y Dios cuánto deseaba en mi interior que así no fuese. Echando los pensamientos, teorías y miedos pregunté quizás lo más estúpido del momento:
—Adler, ¿En serio pensaste en intentar algo con ella?
— ¿Qué? —elevó las cejas en desconcierto dando por sentado que únicamente yo era capaz de traer a conversación tal tema en tal momento, pero ya lo había hecho y he de ser honesto, me iba mejor recordar los absurdos celos que sentí entorno a él y Val a pensar en cómo junto a las insufribles vueltas de la vida la perdía.
—Cuando Erik se enteró de la apuesta...dijiste que de no haber sido por mi hubieses ido tras ella ¿Era cierto?
— ¿De verdad eso es lo que te preocupa justo ahora?
Ladeé la cabeza. Junté las manos en una especie tipi pero mis dedos temblaban como cosa loca terminando entrecruzados.
—No...pero es mejor a pensar cualquier otra cosa. Ya sabes lo rápida y dramática que puede ser mi cabeza ¡los peores escenarios bailan frente a mis ojos!
Ahora mis torpes, lánguidos y pálidos dedos agarraban con fuerza la maraña rizada que llevaba por cabello. Estaba ocurriendo de nuevo. Gracias a Dios que tengo amigos tan mentalmente desequilibrados como astutos pues de no ser así los nervios me habrían matado. Todo el asunto de andar por ahí hecho un manojo incontrolable de nervios resultaba agotador, no se daba con frecuencia, pero igual me jodía la existencia. Adler agarró con fuerza mi hombro como si de alguna forma yo estuviera a punto de salir corriendo a una velocidad supersónica y aquello fuera capaz de detenerme. Dijo varias cosas que no comprendí a causa del indeseable pitido que se acercaba a paso firme lo cual significa que de hecho en cualquier segundo saldría corriendo como Adler temía. Sentí náuseas, el aire se tornó seco y pesado, los párpados querían

cerrarse de golpe, la boca al igual que el aire se secó y, aunque el cuerpo me gritaba darme por vencido el cerebro decía *"recuerda que la mujer que amamos te espera, idiota, no lo arruines"* Era hora de hacerle caso a la razón.

— ¿Sigues conmigo, rulos?

Asentí como pude y como el buen tarado que soy escogí continuar con el tema más absurdo que se ocurrió:

— ¿Y? ¿Enserio te cruzó por la mente intentar algo con mi novia?

—Sí, Harry. Se me cruzó por la mente intentar algo con Val, pero ya sabes lo que pienso sobre no dejar que una mujer interfiera con nosotros, eso y que la chica está loca.

Y así son mis amigos, capaces de mirarme a la cara, fingir que todo va bien y llamar loca a mi novia con tal de evitar que mi mente explote. Cada día que pasa agradezco por ellos, no miento. Tengo la teoría de que todos los hospitales del mundo están confabulados uno con otros para hacer la vida de los pacientes y familiares de los mismos sufrir como si no hubiese mañana. Algo curioso, sucede que la duda es más dolorosa que el hecho mismo pues sujetar su mano con un pulso apenas detectable sin saber por qué debía preocuparme en concreto me mataba, apuñalaba no solo mi espalda, sino que cada órgano que este saco de piel y huesos que llamo cuerpo poseía.

—Hola... —tomé asiento a su lado, acaricié su cabello con un miedo enorme a romperla con siquiera mirarla—. Vamos, dime algo, Val.

Podría decirles lo pálido de sus labios, como su piel traslucía bajo la luz y llegar a como lo hacía la mía debido al miedo inmenso, pero incluso pensarlo hace que un montón de sentimientos se remuevan en mi interior. Ella siempre solía decir que exagero mucho y suelo sobreproteger a los que me importan, pero no es así; no sé qué tan largo o corto será mi tiempo en esta vida, pero no pretendo esperar a saberlo para darme cuenta de que olvidé mostrarle a los que me rodean cuánto los aprecio, después de todo vivir es una oportunidad de un solo tiro.

Entonces, viendo sus ojos ahí cerrados, su pulso amenazando con desaparecer y el color de su piel no siendo exactamente color, la verdad me golpeó de bruces y me pregunté si era esto alguna clase de lección que debía aprender; para Valeria siempre existía una. De ser así lo creí bastante injusto, no tenerla de ser una lección se convierte ciertamente en castigo.

Me gustaría decir lo fuerte que fui a su lado pero no, la verdad es que la mujer por quien se desvelaban mis lágrimas se convirtió en la mejor muestra de lo que el talón de Aquiles significa, pues he sido muchas cosas junto a ella sin embargo fuerte no es de mencionarse en la lista; Valeria no ha hecho más que volverme débil, vulnerable y temeroso ante un futuro que me he apresurado en construir y no me importa el destino, el Karma ni las probabilidades en mi contra que afirmaban como no podía planificar mi vida en un año porque ninguno de esos quienes hacen alarde de saberlo todo conocen a Valeria, no como yo la conozco. Ella era tan compleja, no pasaba un día en el que no temiera que alguien más viera lo que yo descubrí en ella pues era mi secreto; sentía la necesidad de protegerla del mundo y es que estaba ese no sé qué en ella que te decía lo especial que era. Existen una que otras personas en el mundo cuya población es mínima, son diferentes a nosotros; vinieron a la tierra a mostrarnos que idiotas como yo somos capaces de ser feliz, de disfrutar la vida, sonríe en la noche a pesar de tener un mal día...de planificar una vida incluso cuando no todo el mundo comprende que es posible cultivar amor en el más breve y complicado de los tiempos. Valeria era una de esas personas, y se me escaba de las manos. La estaba perdiendo como perdí a papá, como perdí a Emma cuando partió a la universidad..., como he perdido un montón de cosas que hasta ahora, sentado junto a ella, acariciando su cabellera, no había notado. Y es que la amo.
El reloj avanzaba con prisa, la noche nos cayó y sus ojos seguían sin abrir, sus labios sin pronunciar mi nombre.
—Despierta...vamos, despierta ya. Despierta ¿Qué esperas? —susurraba no sé desde hace cuánto. Acaricié con suavidad la palma de su mano y, sin ser el hombre más religioso del universo aguardé

una vez más por un milagro. La puerta abrió, el brazo de mamá no tardó en llegar a mí y rodearme. Extraño, aquel abrazo se sintió tan apagado, pero al mismo tiempo repleto de sentimiento. Inhalé el perfume de mi madre tanto como pude y, sin soltar la mano de Valeria acepté su abrazo.

—Tienes que comer algo, amor. Mel se quedará con ella; ya los chicos te llamaran si ocurre algo.

Sacudí la cabeza de un lado a otro. Susurré un no apenas audible y me zafé de sus brazos.

—No puedo dejarla...mamá. No ahora.

En el acto más poético que jamás hice en toda mi vida decidí que ciertamente era el momento de entregarme por alguien más, y dirán ¿no lo hice ya? Yo les contestaré que no, no como el sentido de la humanidad perdido hace siglos lo ameritaba, no como se supone que debe ser. No pretendía moverme de su lado, no iba a dejarla así sin más; llámenlo romance sin sentido, pero, sencillamente escogí redimirme y según el criterio que me gusta creer que tengo no existía otro ser viviente que lo valiera tanto como ella. Y no, no me rendí ante la resignación, en cambio cedí ante el condenado infinito que estaba dispuesto a afianzar para nosotros dos, porque ¡maldición! Merecíamos un futuro, Dios sabe que lo merecíamos.

Media noche del cinco de enero, redención.

CATARSIS

Un año antes de terminar la preparatoria a eso de cumplir los diecisiete años, Valeria y Melanye D´Amico sólo contaban con sus abuelos y uno que otro tío lejano de los que llama de cuando en vez, pero en sí no cuentan del todo pues no están para recogerte a la escuela cuando te metes en problemas o pelear por el desorden de tu habitación. Su padre...ellas no conocieron a su padre, a los quince su madre murió de cáncer por lo que, luego de saberlo, meses después por fin entendí el porqué de la depresión de Valeria al morir su abuelo.

Cuando Val llegó por primera vez a Londres vi muchas cosas en ella que luego descubrí no era. Y es que la creí narcisista, mimada y altanera. La vi tan cómoda en lo que califiqué como mi mundo que sin detenerme le pegué una etiqueta de invasora de buenas a primera sin plantearme la posibilidad de que tal vez, sólo y únicamente tal vez, ella era más que las conjunciones que me tomé la libertad de sacar. Valeria era todo lo contrario a lo que pensé, la chica construyó muros tan gruesos como la muralla china y tan altos como el Burj Khalifa en Dubai; no se era tan fuerte como se mostraba, ella jamás lo comprendió.

Su deseo de no mirar atrás y ser tan libre y grande como nunca lo fue en el pasado cegaron lo que habitaba en ella, su espíritu fue más grande que la lógica, la dominó a la perfección obligándola a creer que no existe el dolor dando como resultado una Valeria imponente, traslúcidamente fuerte e increíblemente imparable pero no vayan a creer que fue malo, no, al contrario. Valeria y su hiperactivo espíritu siempre fueron buenos, sacó lo mejor de ella; y es que ese fue el verdadero problema: Val siempre se obligó a dar lo mejor de ella, a ser alegre 24/7 borrando por completo que el dolor también es parte de la felicidad.

Para cuando no pudo contenerlo más y el dolor explotó en su cara Val simplemente no supo manejarlo dando como resultado a la Valeria amante a la nicotina, a la cual —no tengo ni la mínima idea— conseguí traer de vuelta, cuando ocurrió lo que quedó registrado como "la mayor estupidez de mi vida" temí en la probabilidad de que aquella Val regresara, pero no fue así, una vez más, de algún modo, Valeria consiguió ser más fuerte o es lo que nos hizo creer. Y es que para entonces Val se encontraba más rota de lo que alguna vez estuvo, sin embargo, llegado año nuevo se sintió diferente. Ella estaba de vuelta, más expuesta de lo que alguna vez lo fue y no es que quiera alardear, no, sino que ella misma me lo contó.

No es justo que luego de tanto terminara entubada en una cama con problemas que sabía eran graves, pero preferí ignorar por mi mal criado miedo. No era justo lo que nos ocurría y sé que existen problemas más grandes que nosotros, que otros lo tienen peor, pero ¡Maldición! ¿por qué debía aquello hacerme sentir mejor cuando la mujer a la que me atreví aprender amar en un puto año se me iba de las manos y era tan cobarde para ni siquiera afrontar la verdad, nuestra verdad. No era justo...la vida no era justa.

Sus ojos, sus ojos marrones lo bastante grandes para cautivar y perfectamente pequeños y brillantes para sembrar incertidumbre me miraban tan apagados que dolía, el brillo se fue de vacaciones y la incertidumbre dejó de ser excitante.

—Iba siendo hora de que despertaras —dije, sujetando sus manos.

—No puedes vivir sin mí, rizos.

—Dependo de ti, de nada sirve negarlo.

Su voz sonaba pausada, baja y un tanto rasposa, para nada suya. Sus manos se sentían frías por conjeturas que preferí no hacer. Seguían sin decir qué estaba mal con ella, de verdad, no excusas vanas y vacías, creo que debido a la abundancia de esas fue que en realidad nadie se molestaba en decir anda. Sin embargo, sus ojos me sonrieron, no alegres y vivos como de normal, pero se esforzaban y para mí era suficiente.

—Los chicos estuvieron aquí hace un rato...nos tienes preocupados.

Arregló mi mano y comenzó así a jugar guerra de pulgares, le gustaba jugarlo cuando no teníamos nada que hacer o no sabía qué decir. Entonces supe que sí estaba el algo de qué preocuparme y un porqué por el cual temer. No evité sentirme traicionado ante la posibilidad de que incluso ella supiera qué estaba mal, no conseguí evitar sentirme como un idiota pues de algún modo yo era el único que se negaba afrontar la inevitable verdad. Sin embargo, me gustaba más esa versión de la historia; la ignorancia acarrea sus propios males y virtudes.

Quisiera decir que mejoró, que milagrosamente lo que sea que estuviese haciendo tour dentro de ella decidió marcharse, pero no nada de eso ocurrió. Mel se cansó de posponer su vuelo así que simplemente se quedó, personas que no conocí, pero presunto eran familia, su familia paseaban de un lado a otro exigiendo explicaciones mientras Erik me decía sus nombres en susurros como si me importara. La verdad es que perdí el interés en un montón de cosas, al paso de dos semanas más tarde incluso perdí interés en vivir y mamá no dijo nada porque supongo supo lo que sentía tal vez por eso que llaman sexto sentido o intuición materna, no lo sé, pero lo agradecí, nadie en casa puso objeción pues era mi vida y Val se convirtió en mi vida recurriendo al más grande sentido de la teatralidad y el romanticismo, y no me importó.

Los días se convirtieron en santa rutina llevándome de la facultad al hospital, escondía en mi chaqueta sus dulces favoritos y sé que no estaba bien, pero ella sonreía y juro que por una milésima de segundo se sentía bien, todo volvía a su lugar siquiera por un segundo. Mientras ella dormía me aseguraba de terminar todo el trabajo de la escuela pues mi prioridad pasó a ser ella, disfrutar el tiempo mientras estaba despierta y es que, aunque nadie me decía nada yo sabía que no quedaban muchas esperanzas y sí, ya sé que es lo último que se pierde, pero cuando ves a alguien tan lleno de vida como Valeria caer de buenas a primeras, la esperanza se vuelve lejana. Sin embargo, era tan egoísta que me abstuve a la ignorancia y preferí seguir junto a ella sin importar cuánto me matara por dentro.

— ¿Sigues aquí? —su voz se mezcló junto al sonido de la televisión. Llevé las gafas, que, aunque necesito no me gustaba usar, del puente de mi nariz a arriba de la cabeza, alejé la atención de la libreta y le sonreí como jamás le he sonreído a otra mujer—. Es incómodo dibujar así —agregó arrugando un tanto el entrecejo.

—Estoy bien. ¿Cómo te sientes?

— ¿Te he dicho lo sexy que luces con esas gafas de nerd?

Y ahí va de nuevo la sonrisa ligada al sentimiento de inconformidad y desasosiego. Dejé mis materiales a un lado y me acerqué a la cama tan cerca de ella como la física lo permite.

—Ya lo sabía —dije y sus cejas se elevaron de una forma graciosa.

—Mi culpa por alimentar tu ego.

Entonces tomé sus manos y fue como si de repente el aire cambiara. Ambos, por sobre las bromas y la actitud del nada pasa, sabíamos perfectamente como ella evadía responder preguntas tan simples, como desviaba la atención cada vez que le preguntaba algo tan sencillo como un "¿Cómo estás?" porque no muy en el fondo la verdad era que no se encontraba para nada bien. Sin embargo, a pesar de saberlo, pregunté de nuevo.

—Estoy bien, Harold.

Estando consciente de su mentira sonreí, más para ella que para mí.

— ¿Melanye sigue en este lado del planeta? —preguntó.

—Sí..., al igual que un montón de tíos, primos y amigos de los que curiosamente no dijiste nada. No me mal intérpretes, linda, pero esperaba conocerlos en otras circunstancias o en la boda.

— ¡Ay no! ¿Planeas casarte? ¿Quién ha sido la pobre chica, ¿eh? —y aunque no le era posible alzar la voz ni evitar ese tono pausado y rasposo, se las arregló para que, inclusive en aquel instante, luciera como si nada nos pasara.

—Una trastornada italiana, se llevarían ridículamente bien.

Reímos, reímos de una manera débil pero sincera porque así quisimos, porque así éramos ella y yo. Así fueron los días venideros, uno tras otro: reímos, bromeamos y evitamos la cruda realidad, la realidad en la que ella tentativamente me dejaba, no había boda alguna y el egoísmo restregaba en mi cara como me quedaría completamente solo. No lo soportaba. Pero pretendí que sí pues ella lo necesitaba. Entonces cada tarde al salir de la facultad, incluso si las clases acaban muy tarde en la noche, conducía hasta el hospital, hacía la tarea y al terminar me sentaba más cerca de ella, reímos, comíamos y bromeábamos de nada en específico; unas semanas después que nos acostumbramos a nuestra pequeña e ilusionada rutina Val me pidió que leyera para ella.

—Ya lo has leído un montón de veces —le dije.

—Sí, Sherlock —rodó los ojos. Sonreí—. Pero no lo he escuchado de ti...no te lo vayas a creer, pero tienes una voz muy sexy.

Y lo hice. No porque mi voz fuera sexy para ella, ni porque quisiera, aunque sí quería en realidad, sino que lo hice por complacerla. Complacernos. Pude haber vivido así pero no quería. Necesitaba que fuese ella quien me leyera. Extrañaba beber té a las tres de la mañana, verla dibujar, brincar por todos lados mientras mi corazón sufría miles de mini infartos temiendo que se rompiera algo; extrañaba a Valeria, no en lo poco que me brindaba lo cual incluso bajo el más triste de los inviernos permaneció fiel a sí misma sino a la Valeria que conocí la temporada pasada y aprendí amar trescientos sesenta y cinco días atrás. La quiero de vuelta, aunque recuerde cada mañana que al ir al hospital sea posiblemente el último día que la vea.

Por lo que fue casi un mes quedamos atrapados en medio de una maldita catarsis a la cual bauticé de rutina por temor a la verdad. Todos sabían lo que pasaba. Nosotros, tan retorcidos, trastornados y únicos como nos volvimos decidimos creer que nada ocurría, que ella se levantaría de aquella cama y volveríamos a comer dos menús diferentes los martes por la tarde, creímos que íbamos a volver a pelear por tonterías y reír por los más estúpidos motivos; elegimos la esperanza sin importar lo mucho que nos estuviera matando y es que lo que Val cultivó por años se volvió endemoniadamente tóxico haciéndome incluso a mi creer que se es posible vivir por sobre el dolor. Se nos hizo mucho más fácil creer que hay felicidad sin agonía ¿el problema? Tanto ella como yo estábamos al tanto del final, pero preferimos crear uno alternativo.

Veinte de enero, no lo soporto más.

RIMANERE

Valeria Alessandra siempre soñó con un final de literatura, no de cuento de hadas ni mucho menos, sino como si su vida se tratara de un libro sin importar como fuese el final. En ocasiones balbuceaba cosas antes de dormir —bueno, ella siempre decía cosas antes de ir a la cama— decía lo grandioso que sería vivir un amor como los protagonistas de su libro favorito, yo nunca supe de qué iba ese amor hasta que me hizo leerlo para ella. Y no, no quiero un amor con los días contados bajo un cielo injusto y sí, tal vez es una de las historias más realistas porque ciertamente la vida es así de desgraciada, pero en serio necesitaba creer que tal como una película de Disney a la antigua, Val se levantaría de aquella cama y volvería a balbucear ideas sin sentido mientras caía dormida en mis brazos a las tres de la mañana.

La salud de Valeria jamás fue de las mejores, sus defensas eran débiles en comparación provocando que cualquier gripe la tumbase en cama por días. Estando en Francia pescó una bacteria cuyo nombre no me molesté en aprender, según los doctores el maldito parásito se alojó en su sangre eliminando de por sí el poco oxígeno en su cuerpo a una velocidad silente, acelerando la fibrosis que secaba sus pulmones. Sin embargo, y a pesar de haber acudido al hospital en cuanto llegó al país, nada fue detectado. Sé que es lo que

menos interesa, pero el día de San Valentín se acercaba y Val continuaba interna.
Hubo una tarde en la que, a su manera, sugirió que yo debía conseguir una vida nueva. No quise prestarle atención, no quería porque significa que le daba la razón y de ser así entonces era porque ella se estaba rindiendo y no podía aceptarlo. De hacerlo, darse por vencido no tendría diferencia alguna pues la estaría dejando partir. Y aunque nuestros días se convirtieron en monotonía, aunque casi todas las enfermeras me conocían no me importó, me hacía mejor estar a su lado que tratando de construir una vida cuando todos sabíamos que no podía.

El reloj marcaba la medianoche, besé su frente, le vi por un instante, pero fue tan grande el miedo que me invadió al imaginar un mundo sin ella que de pronto me sentía mareado. El aire se tornó pesado y supe que de quedarme un segundo más en la habitación tendría un episodio de pánico y lo que menos necesitaba era despertarla preocupada por mí, así que terminé de salir. Caí sentado con la cabeza entre las piernas justo frente a su puerta, no era la mejor forma de tranquilizarme clínicamente hablando, pero poco me importaba, para mí funcionaba.
El día de San Valentín llegó y ahí estaba yo, comiendo yogurt sin sabor, viendo una vieja película de Harry Potter y un florero con tres rosas azules en la habitación. Nuestro primer Día de los enamorados juntos...a ella no le importó y por ende a mí tampoco, aunque en el fondo los dos sabíamos que cualquier lugar era mejor a nuestra suite en el hospital. Por un momento aquello estuvo bien. Vivimos, reímos y nos amamos. Nos convertimos en una de esas parejas al más clásico de los sentidos, fuimos tan unidos que con suerte las enfermeras nos veían y no nos confundían con una de esas cuyo tiempo ha sido tan largo que las ha añejado; fuimos Val y yo, como en un principio fue y como siempre debió ser. Aunque evitaba la inevitable y dolorosa verdad agradecí a Dios por tenerla tan siquiera unas horas más.

Entonces ocurrió.

Primero de marzo. Nuestra rutina falló.

La mañana del primero de marzo salí con prisa del apartamento pues además de dejar el hospital tarde en contra de mi voluntad sucedió que tenía examen final de semestre. Y no, no pasó nada, no hasta después del mediodía cuando llegué como era habitual a tiempo para el chequeo rutinario de Valeria. Sin embargo, desde que los días se convirtieron en semanas y de enero llegamos a marzo decidí no querer escuchar nada de los doctores, de hacerlo mi miedo no haría más que subir hasta las nubes.

—Harry —Mel me detuvo antes de entrar. Resultaba atormentador verla ahí frente a mí, en breves ocasiones inclusive llegué a creer que era Valeria y es que tanto era el deseo de verla bien que me encontré a mí mismo conteniéndome de llamar a Mel por el nombre de Val. Pero no aquel día cuando sus ojos lucían tan apagados como los de su hermana gemela.

—No necesito saber —dije en una súplica. Sentía el alma afligida, no me quedaban fuerzas para..., nada. Y sí, estaba más preocupado por ella de lo que una persona se preocupa por otra, pero también me sentía cansado. Alcancé un punto en mi vida en el que terminé sin tener una, y es que el dolor y temor fueron mayor que yo y no sé si fue la falta de entusiasmo, las ganas o simplemente dejó de importarme el mundo a mi alrededor; necesitaba verla mejor, fue en lo que me enfoqué. En lo único que pensé.

— ¿Qué? ¿Pretendes seguir fingiendo que no pasa nada? Porque te informo que Valeria no está registrada en un hotel cinco estrellas —dicen que las gemelas siempre se diferencian en algo por más pequeño que sea, algo las diferencias. Con las D´Amico no era así, costaba decir cuál era una y cuál era la otra, pero, y aunque ambas fueran terriblemente sinceras, vivía algo en la forma que Mel decía la verdad que no era igual a como lo decía Val. Mel era más dura, más fría al decirlo, no estaba ese tono juguetón y despreocupado como el de Valeria, ella simplemente lanzaba la verdad a la cara sin importarle lo que sus palabras pudiesen causar; Valeria medía lo que decía o se disculpaba cuando no conseguía hacerlo. Porque eso fue, según Val, su mayor defecto: preocuparse demasiado—. No puedes seguir evadiéndolo.

—Obsérvame.

Entré a la habitación de Val como nunca lo había hecho antes: con la cabeza en alto. Sentía la necesidad de probar mi punto, de demostrarles que ella se recuperaría. Necesitaba creer que así iba a ser. Pero luego la vi ahí echada, sus labios como de papel, su piel pálida y sus ojos mintiéndome, jurando estar alegres cuando bien sé querían llorar y dejarle saber a todos cuan rota estaba. Mel estaba en lo correcto, pero no contaba con el ánimo de creerle.

—¿Cómo te sientes? —pregunté al cerrar la puerta tras de mí. Me sonrió y no comprendí si fue la melancolía en su mirada o la certeza de que ambos moríamos, no lo supe y tampoco creo que alguna vez quise saber.

Me senté a su lado y la envolví en mis brazos, acaricié su cabello tantas veces que perdí noción del tiempo. Nos quedamos ahí, perdidos en nuestro mundo, sin decirlo, rezando en silencio, rogando por una oportunidad. De pronto sentí sus manos aferrarse con desesperación a mi camisa, su cuerpo temblaba bajo mis brazos, sus lágrimas me empapaban y yo no hice nada. Ocultó su rostro de mi porque es lo hacen las personas que odian llorar, porque sentía vergüenza de verse débil; y yo no hice nada. Porque quedarme ahí escucharla llorar es hacer absolutamente nada. ¿Qué se supone que debía hacer si no? ¿Qué se suponía debía hacer mientras la persona que amo se cae a pedazos en mis brazos y no existía poder en la tierra con el que pudiera unirla? No le diría que iba a estar bien, eso era mentir y de ninguna manera iba a mentirle. Podía inventar un montón de mentiras en ese preciso instante, pero no, era suficiente con la mentira que ambos armamos para sobrevivir a los últimos tres meses.

—Voy a morir —dijo en medio del llanto, tan claro como la respiración se lo permitió—. Voy a morir, Harry. Voy a morir.

Les contaré un secreto: cuando tienes en frente una persona como Valeria, que goza de mostrar una fuerza y felicidad increíblemente posible desplomarse, llorar y gritar porque simplemente la muerte se acerca, pues, te mata; obliga a considerar un sinfín de cosas que lucían imposibles. Te hace reevaluar la vida en sí porque si los luchadores caen ¿Qué queda de los que apenas conocemos cómo vivir día por día? La sostuve tan fuerte como pude, tan cerca como la física lo permite, pero ella sólo lloraba así que lloré a su lado porque después de todo era lo único que podía hacer y quise. Y aunque por un momento se sintió bien liberar el dolor que durante meses ignoramos también era hora de decir todo aquello que evitamos admitir. Así que no me contuve y le dije lo que vengo negando desde que llegamos al hospital: —No vas a morir. Me conoces muy poco si crees que dejaré que te vayas tan fácil.

—Harry...

—No.

Puso distancia y me vio firme a los ojos.

—Voy a morir y no hay nada que tu ni nadie pueda hacer...

—No.

—La fibrosis empeoró, ya lo veía venir. En cualquier momento me sentiré muy cansada para seguir luchando cua...

— ¡NO! —bajé de la cama de un movimiento. ¿Quién se cree? Uno no puede aferrarse a la vida un segundo y al otro aceptar la muerte sólo porque sí—. No, no, no —vociferé desde una esquina de la habitación. Las manos me temblaban, el rostro me ardía y no era suficientemente capaz de detener los pasos de un lado a otro.

—Todo mundo debe morir.

— ¡Lo dice quien hace unos minutos lloraba aterrada de la muerte! —la acusé, sé que fue una recriminación ridículamente fuera de lugar, pero por favor, me lo había ganado. Gané del derecho de irritarme y gritar todo lo que me viniese en gana; aquella fue la manera más normal que mi cerebro creyó prudente y mentalmente estable de actuar. Pero yo no era del tipo de persona que va por la vida gritando y Val no era el tipo a la que le gritas y se quedaba callada.

— ¡Discúlpame por ser humana! ¿Crees que no sé lo que sucede? ¡Entiendo perfectamente que esto no es un maldito hotel de cinco estrellas!

Justo en aquel instante detuve lo que fuera que iba a decir y le vi con un enojo que yo mismo aún desconozco. Conocía a las gemelas D´Amico y si de algo estaba seguro, sin importar lo bien que se llevasen o lo iguales que fuesen una cosa estaba clara y es que no pensaban de la misma manera así que perdonen si la cólera me reclamó como su presa al escucharla repetir las mismas palabras de su hermana.

—Quiero que seas tú quien lo diga, no Mel. Lo que sea que ella te haya dicho no es cierto ¡Vas a estar bien, joder!

— ¡Quieres que mienta, entonces! VOY. A. MORIR. Posiblemente es lo mejor que pueda sucederte ahora.

— ¡NO! No me desvelé todo el santo año..., no nos hemos mentido los últimos tres meses para que vengas a estropearlo. No así. Has estado igual antes. Erik dijo..., Erik dijo que ha pasado antes.

—Es diferente. Me cansé. Lo siento.

— ¿Qué parte de NO, no entiendes?

—LLEVO TRES MESES LUCHANDO. TRES MALDITOS MESES Q...

Entonces, comenzó.

Dicen que una de las peores formas de morir es ahogado y que es aún peor ahogarte fuera del agua. Las palabras se atragantaron en su garganta siendo reemplazadas por un tos seca y violenta.

— ¿Val? —me acerqué sin pensarlo. No podía ser el momento, no de esa forma. Sus ojos me miraban desesperadas, las manos sobre su pecho no encontraban otro lugar a donde ir y a la vez que lágrimas descendían de nuevo por sus mejillas, el rostro le adquirió un tono rojo y preocupante.

— ¡AYUDA! ¡AYUDA! UN DOCTOR, Ayuda... —y aunque luchaba por —a pesar de afirmar que estaba cansada— respirar y quedarse conmigo con quien sea que estuviera peleando era más fuerte que ella pues sus inevitables esfuerzos parecían volverse nulos a cada segundo.

Lloré incluso más, mucho más de lo que pude haber llorado los últimos tres meses por increíble que suene. Más estruendoso y violento—. No me hagas esto, no te atrevas a dejarme, Valeria —reclamé aferrado a ella, a nosotros. La sostuve entre mis brazos, tan cerca de mi corazón..., tan mía, tan rota. Siempre admití que Val tenía consigo una fuerza que no vi ni encontré en nadie más, sin embargo, nada se comparó con la forma en que todavía presa de la desesperación se las arregló para gastar el poco oxígeno que le quedaba o consiguió, conmigo.

— ¿Re-recuerdas cua-cuando...me co-contaste que no estás acostumbrado...a acostumbrarte a las personas?

Intenté detenerla. No tenía sentido gastar energía, no en mí. Como siempre ella tan solo no me hizo caso.

—No te creo, y tienes que dejarme ir, Harry —susurró en medio del llanto.

Piensen en alguien a quien aman, recuerden ese amor que los vuelve dementes y dependientes. Ahora recuerden cuántas veces esa persona les correspondió, recuerden los buenos momentos..., ahora, imaginen dolor, mucho dolor. Imaginen a esa persona sufriendo..., y todo por su culpa. Traigan ese dolor a la realidad y verán cómo me sentí al comprender el daño que mi egoísmo le causó a Valeria. Ese dolor en el corazón, el vacío que se siente en el pecho; el inexplicable sentimiento de soledad y desorientación. Nadie debería sentir tal cosa ¿cierto?

No recuerdo en qué momento Erik y Peter me sacaron de la habitación ni cuando los doctores entraron. No recuerdo más que sus ojos pidiendo, rogando que la libere. Me obligué olvidar la interminable hora de espera de pie frente a la puerta cerrada, como cayó la noche y la sensación de no tener ni recibir esperanzas por parte de nadie. Desde entonces me obligué a olvidar, sin embargo, resulta imposible. Dicen que el cerebro tiene la capacidad de eliminar lo que hace daño, que somos tan fuertes como nos lo proponemos..., que no hay mal que dure cien años.

Dicen que yo solía aguantar dolor por no ver a un doctor, que sobreviví a la muerte de papá, así como dicen que me quebranté al tocar siquiera la posibilidad de un futuro sin Val. No mides la valentía a diario, sino que, en los momentos duros, no bajo la presión de la sociedad, la universidad o un accidente de tránsito, pero sí cuando te encuentras en un momento crucial; lo demás no es más que un ensayo previo. La verdad es que nunca sabes cuál será el día en el que tendrás que ser el doble de fuerte. Me alegro de haber reservado tanta valentía pues era en aquel preciso momento cuando entré a la habitación y la vi ahí más vulnerable que nunca, que comprendí que ese era el lugar y tiempo correcto para ser débil.

— ¿Valeria?

—Sup, rizos.

—Siempre me gustó que me llamaras así.

—Que mal...l-lo hacía p-pa-para molestarte.

Me senté ahí junto a ella, sujeté su mano. Supongo que era hora. Levanté la mirada hacia los chicos quienes se hicieron de un lugar junto a nosotros, nos sentamos con ella. Esperamos.

— ¿Puedo irme? —preguntó en un susurro que con suerte logramos escuchar. Besé su cabello y lloré. Asentí en contra de mi voluntad y lloré. Todos lo hicimos.

—Déjalo ir... —fue Erik quien por fin dijo que lo que los demás sentíamos. Lo que mi egoísmo se rehusaba a decir.

Así fue como la madrugada del dos de marzo Valeria murió. Me gustaría decir que basados en las repercusiones de la vida acepté su muerte, que fue solo un efecto más del despiadado destino, pero no, me niego a aceptar su ausencia. Rehúso acoplarme a las connotaciones metafóricas que avalan su espíritu imperecedero o cualquier legado que pudo haber dejado. Me niego hacerme a la idea de una Valeria inmortal que vive por siempre en el recuerdo, no la quiero en memorias, la necesitaba aquí conmigo. Necesitaba escuchar su sonrisa, sentir sus caricias no el imborrable dolor al que nos condenó a todos los que tuvimos el descaro de quererla. Me niego a consuelos conformistas que se rinden ante su ausencia.

La necesitaba a ella.

Es increíble que haya callado tanto dolor durante tanto tiempo. Su cuerpo tieso, pálido, lánguido..., la amo. No es justo que las mejores personas abandonen el mundo de los vivos y en su lugar se quede la miseria de la sociedad. No veo bueno que una mala herencia arrancara de mi vida una mujer tan singular como ella. He aceptado muchos golpes que la vida me ha enviado, pero, Valeria fue más una sinfonía de balas y flechas.

Dos de marzo, estoy perdido.

LAPSO

¿Qué se supone uno hace cuando pierde el gran fantástico amor de su vida? ¿Quién se supone sería yo de ahora en adelante sin Valeria? Y es que volver a ser quien fui antes de ella no figuraba entre mis opciones. Su libro favorito reposaba sobre la cómoda, la carátula de Harry Potter y el Príncipe Mestizo descansaba sobre la alfombra. Cinco días pasaron desde el funeral y Valeria seguía muerta. Del lunes llegué al domingo y sí, Valeria seguía muerta; me empeciné en creer que de ser paciente la vería bajo el marco de la puerta, no importaba si cargaba los asquerosos tacos sin carne que tanto odiaba, por ella no importaba. Su contestadora no paraba de decir que iba a llamar de vuelta, pero nunca lo hizo; ella simplemente permaneció muerta.

Los días después de Valeria fueron un verdadero gran asco. Yo simplemente no supe cómo seguir..., no supe absolutamente nada de mí. Mamá insistía en que pasara algunos días en casa, decía que no era bueno para mi estar solo pero justo en aquel momento era lo que más necesitaba y es que en ocasiones la soledad no es tan mala. Mel regresó a Italia después del funeral, lo cual agradecí porque, bueno, tener un clon de Val, mi Val, rondando por el Londres donde estaba supuesto a existir simplemente era ya una tortura que no estaba en el ánimo de atravesar. Y no es que realmente tuviera ánimo para algo más que no fuese llorar y odiar cada aspecto de la vida.

Los chicos insistían en estar cerca mientras yo nada más me dediqué a ser infeliz las veinticuatro horas del día, los siete días a la semana porque fue lo único que sentí hacer; ella tenía razón, yo tan sólo me acostumbraba a las personas y una vez se marchaban fingía estar bien detrás de toda la actitud independentista con la que crecí. Bastó acostumbrarme precisamente a ella, tan pronto y tan intenso que su partida no hizo, sino que remover una vida completa enterrada en el pasado.

Las personas buenas no deberían estar supuestas a morir, los buenos deben quedarse y hacer lo que mejor hacen y sé que algún día no bastará ser bueno o malo para sobrevivir, que el apocalipsis del que hablaba el padre en misa —cuando era pequeño y mamá me obligaba a ir— vendrá tras la humanidad, consumiendo lo que nos atrevimos a crear. Sé que no estamos supuestos a durar por siempre, pero..., pero..., no lo sé, sigue sin ser justo. Maldición, es totalmente injusto que me arrebataran lo único bueno que tuve en la vida. No es justo que el dolor devorara lo poco que soy restringiéndome incluso de completar un patético pensamiento débilmente lógico.

Lidiar con el dolor se convirtió en misión imposible, el correo se apilaba sobre la mesa y con suerte seguía cumpliendo con los trabajos de la universidad. Estaba consciente que no hacía más que preocupar a mamá, a Emma y todos los que todavía me apreciaban, pero no evitaba creer que su interés era en vano pues ni yo mismo me preocupaba por el hecho de seguir respirando. Y sé que era muy teatral, pero es lo que pasa cuando no se sabe lidiar con un corazón roto: la vida pierde sentido. Desde donde me encontraba aprendí que vivir trata de lo que pierdes y lo que se hace al perderlo, se nos mide conforme a cómo manejamos los malos momentos, por ende, sabremos si servimos para estar vivos o no. No hace falta decir que yo no di la talla; no me creí capaz de formar parte de la sociedad, no después de Valeria. Nada marchó bien después de ella.

No morimos porque sea justo o haya que mantener control de la población, la muerte es ridículamente injusta, es una fuerza mal criada que juega a su antojo con los mortales y se burla de la miseria humana. Nos deja saber que camina a nuestro lado, nos deja en paz por un tiempo y, cuando nos sentimos a gusto en el mundo regresa y nos hiere sin compasión; la maldita muerte se burlaba en mi cara, reía frente a mí en forma de niña recordándome que no volvería a ver a Valeria. Y sé que tenía que seguir adelante, encontrar un nuevo sentido, contar nuestra historia sin llorar, pero no, no es lo que quería, jamás fue lo que quise. No fuimos una historia de amor con un tema musical de fondo, no fuimos eternos y ciertamente no lo seremos...sé que caminamos directo a un final sin siquiera notarlo, sé que todo ha de acabar algún día, sin embargo, el que lo sepa no significa que estuviera jodidamente de acuerdo. Sé que existen fuerzas mayores a mí, que no soy nada más que un punto pequeño en una enorme pared, sé que al mundo le importa continuar su rutina sin mí y que yo también moriré, sé perfectamente lo que ocurre a mi alrededor, así como sé que no contaba con las ganas de salir afuera y ser una mejor persona, no tenía ganas de buscar otra vida porque simplemente ya había conseguido una por mí mismo y esa era la que me gustaba, la que quería.

La extrañaba...

— ¿Harry— escuché a Erik llamarme desde el corredor—. ¿Harry?

— no respondí. Abracé mis piernas atrayéndolas más contra mi pecho, descansando la barbilla sobre mis rodillas. Recordando cosas que no debía recordar, viendo su libro favorito desde donde me encontraba, escuchando la voz en su contestadora una y otra vez prometiéndome llamar de vuelta; aferrándome a pequeños y masoquistas detalles por miedo que de no hacerlo me alejaría por completo de ella.

— ¿Harry? —un Erik preocupado, con ojeras, ojos profundos y faltos de sueño me vio desde la puerta de mi habitación. Me vio con compasión, pero sobre todo empatía, mucha empatía porque supongo él también sentía lo mismo que yo—. Harold...

Agaché la mirada, vi el celular que reposaba a un lado junto a mí y como si aún estuviera sólo marqué su número de nuevo. No fui capaz de ver a Erik a la cara, no era capaz de sostenerle la mirada pues esperaba que hiciera lo que los demás, pedirme que saliera de casa y dejara de llorar. Para mi sorpresa se hizo de un lugar junto a mí, tomó un extremo del auricular conectado al celular y me acompañó a escuchar la voz de Valeria, su voz de cuando todavía era suya, de cuando aún era alegre y todo, absolutamente todo, marchaba bien.

—Mel llamó esta mañana...—de pronto comenzó a decir—. Creo que...creo que nos tomaremos un tiempo. No dije nada. Sentí la garganta pegada y la lengua atada. Me limité a escuchar sin decir nada—. No es justo que sigamos juntos, ella quiere irse a vivir a New York y yo no tengo planes de dejar Londres por ahora y....

—Es un infierno verla a la cara cuando Valeria ya no está. Jode escucharla hablar y que no sea Val quien lo haga. ¿En serio vas a decirme que no es así? —mi voz sonó rasposa, pesada por culpa del silencio que mantuve los últimos días—. Quieres abandonar porque no resistes la idea de que por ahí ande el clon de tu mejor amiga mientras ella se encuentra simplemente muerta. Lo entiendo, respiré cuando Mel se fue.

—No estaba funcionando de todas formas.

—Deja de mentirte, Erik.

Entonces no pude parar de hablar.

— ¿Acaso no es lo que has estado haciendo, Harry?

—No lo entiendes...

En serio, no pude parar.

—Eres increíble. De verdad te has sentado toda la maldita semana aquí a pensar en lo miserable que eres y olvidaste que fuera de esa puerta existen personas echa tan mierda como tú. Entiendo que Valeria fue el gran amor de tu vida o como se te antoje llamarlo, pero no sólo a ti te dolió su muerte. No vengas diciendo que no lo entiendo porque mucho antes de que siquiera supieses de su existencia yo fui quien estuvo a su lado, yo fui quien aguantó sus caprichos..., créeme cuando te digo que estoy tan destrozado como tú. Y sí, posiblemente el noventa y ocho por ciento de las razones por la cual no puedo seguir con Mel incluyen a Val, pero te informo que me he ganado ese derecho tal como tú lo haz reclamado quedándote aquí escondido sintiendo lastima por ti mismo —echó la cabeza hacia atrás y dijo algo más que no entendí. Se quedó ahí por largo rato junto a mi mientras yo no hice más que llorar, escuchar la grabadora de su teléfono y llorar.

— ¿Mejor? —le pregunté y asintió.

— ¿No dirás nada?

Quizás Erik esperaba que estallara, gritara e hiciera esas cosas que se deben hacer, pero de hacerlo no era simplemente yo. Contaba con la fuerza suficiente para armar un berrinche. Así que sacudí la cabeza de un lado a otro con lentitud, levanté la mirada y, al ver su libro favorito algo dentro de mi punzó. Me levanté y fui por él, abaniqué las páginas y fui justo al final, a aquella carta que ella tanto me hizo leerle.

Leí. Leí una, y otra, y otra vez. Erik me observó y simplemente no dijo nada. Leí sin parar aquella parte, esa oración en específico que sin intención me golpeó de frente: *"tuve suerte de quererla"*. Cerré los ojos, fruncí los labios buscando la forma de suprimir el grito ahogado que luchaba por ser libre mas no lo conseguí. No sé de dónde diablo me quedaban lágrimas para seguir llorando, no sé de dónde obtuve fuerzas para sufrir su ausencia, no lo sé, pero no evitó que lo hiciera.

—Harry...

Entonces estallé.

—NO ES JUSTO. NO ES JUSTO QUE YA NO ESTÉ AQUÍ, NO ES JUSTO QUE TEMA IR A ITALIA POR MIEDO A VERLA EN LA CALLE Y QUE NO SEA UN ESPEJISMO. NO ES JUSTO QUE DEBA VIVIR CON EL CONSUELO DE QUE "TUVE LA SUERTE DE QUERERLA". JODER NO ES JUSTO QUE YA NO TOQUE A MI PUERTA NI ME HAGA COMER LA HORRIBLE COMIDA VEGETARIANA QUE TANTO LE GUSTABA. ¡DEMONIOS! —arrojé el libro donde no pudiera verlo. Me deslicé contra la cama y caí de nuevo sobre la alfombra, más roto y dolido que nunca. Y Erik no dijo nada, y los chicos me dieron espacio y mamá no pidió que regresara a casa. Y marzo se marchó, la vida continuó su curso y yo permanecí roto. El cielo no se detuvo, Valeria no tocó a mi puerta, no volví a tomar té a las tres de la mañana ni a ver *Harry Potter* o leer *Bajo la misma estrella.* Y quizás llegue el día en el que me sienta bien. Algún día su recuerdo me saque una sonrisa deteniendo el dolor que para ese entonces me consumía. Pero, por ese instante me conformé con llorar a medianoche ante el inevitable vacío que Valeria D´Amico dejó en mi vida. Me obligué a creer, aún dos semanas después, que tarde o temprano el dolor iba a cesar.

La mañana del veintidós de marzo desperté con el mismo hueco en el pecho y la terrible pero real sensación de soledad con la que desperté los días anteriores. Encendí el televisor y busqué por el bloque de dibujos animados, preparé café y una vez estuvo listo busqué una caja e inicié a recoger mis cosas; no, no pretendía abandonar Londres. No me encontraba mental ni físicamente listo para avanzar, pero, mudarme a dos calles y buscar un trabajo que me mantuviese ridículamente ocupado lucía como un buen comienzo o al menos un intento débilmente decente. Definitivamente no me propuse construir una vida nueva, no es lo que sentí hacer, no tan rápido. No quería construir una vida cuando bien podía vivir de lo que mi desequilibrada italiana me enseñó, del modo en el que viví junto a ella por un año y tres meses que se sintieron como décadas.

La amo, aún la amo y no me arrepiento de haberla tenido. No importaba si su partida me mantuviera atrapado en este endemoniado lapso donde no existe nada más que su ausencia. La amo, aunque duela. Dios, la amo, amo todo lo que fue y pudo ser. No importa si aferrarme a su amor aumentara el bucle catártico en el que vivía, no importaba qué, la amaba. Y es que Valeria no fue un capítulo que simplemente podía darme el lujo de cerrar, ella fue todo un libro que inició como cualquier otra historia. Se atrevió a negociar 365 días y en medio del desgano se convirtió en más, mucho más. Quizás llegue el día en el que hable de ella y el corazón no duela de esta jodida manera, tal vez logre pensar en ella sin sentir como mi alma se quema.

Tal vez vuelva a ser quien deba ser, pero por ahora seguiré siendo el Harry que se lamenta, llora y siente tristeza porque a pesar de todo no es tan malo sentir dolor. Puede que para cuando deje de sentirlo quede espacio para el Harry que sonríe, el Harry que debo ser.

Así es la vida, pasa frente a los ojos, te envuelve y se marcha sin siquiera avisar.

VIDE TE MOX

No me olvides, te lo ruego. Quizás en esta vida no fuimos predestinados, pero en una próxima prometo buscarte, aunque mi corazón desfallezca y mi alma duela.

Nueve meses y veinte días después.

Presente.

Su cabellera desciende con gentileza sobre mi hombro y su cuerpo se siente cálido junto al mío. La observo con una mezcla de emoción y miedo que jamás supe descifrar. La luz filtrándose por la ventana, el olor a café y galletas de canela recién horneadas, nuestro playlist sonando desde la sala de estar y su risa consolando mi apaciguado corazón que luchaba por albergar la conmoción de tenerla ahí, tan cerca y tan mía..., tan bella y tan ella.
—Temí no volver a verte —digo con una sensación de dejadez en la voz.
—Eso es porque siempre fuiste muy incrédulo.
Su voz sonaba tan irreal. Su piel como algodón y ese cálido tono trigueño que enloquecía mis sentidos.
—Te extraño con locura, Spidergirl —percibo el resquebrajo en mi voz y el nudo que se aloja en mi garganta —. No sabes cuánto necesito que seas real.

—Harry —se incorpora, clavando esa mirada cálida que en tan poco supo desarmarme por completo. Sus labios rectos que me dicen estar luchando por no sonreír—, necesito que continúes —ladea la cabeza con suavidad moviendo con gracia esas hebras de cabello escurridizas—. Necesito que abras los ojos y seas feliz; es lo único que he deseado desde que te conocí.

De pronto el aire en la habitación se torna húmedo, pesado..., agotador. No he de ser un genio para saber que mi rostro denota la tristeza en la que se sumerge mi alma así que busco un punto aleatorio donde posar la vista, ni siquiera aquí soy capaz de enfrentarla.

—No tengo porque escucharte, después de todo sé que no eres real...

Y solo así, se desvanece entre mis brazos.

Otra vez he soñado con ella y el vacío que ha coexistido a mi lado desde su partida acrecienta con cada imagen, con cada anhelo y roce de su piel. Limpio el sudor que me empapa la frente con rapidez y salto fuera de la cama en busca de un vaso de agua; cada vez se sienten más reales, cada vez soy capaz de sentir el vello de su piel erizarse y mi corazón latir como la primera vez. Enloquezco.

La otra tarde la vi en la plaza cruzar la calle e incluso en el viejo café donde me tomé el tiempo de admirarla por primera vez. Con el pasar de las semanas su recuerdo crece en lugar de apagarse y temo perder por completo la cordura de seguir así.

La extraño.

Falta poco para año nuevo. Las luces iluminan la calle hasta la avenida donde más luces comienzan. Han pasado nueve meses y Valeria no regresó. He aquí algo curioso de la vida, aprendí a enamorarme en poco tiempo, pero, por otro lado, no consigo olvidar de la misma manera. Me siento vacío. Siento que no importa si pasan los años, conozco una linda chica e incluso formo una bella familia, el recuerdo de Valeria es y será de esos de los que no puedes librarte, de los que por un rato largo duelen y luego..., luego te hacen finalmente sonreír con nostalgia no porque así lo desees sino porque no hay más remedio que convencerte de recordar lo bueno sin llorar, pero no soy lo bastante fuerte y aludo a su presencia cada noche al caer sol.

Tengo claro que no conseguiré entender la muerte, no como necesito hacerlo. Tampoco negaré que aún la extraño pues no he logrado concebir vida sin ella. El día que pierdes un ser querido no es el más difícil, sino los días que llegan después en los que contemplas la vida sin esa persona; en los que levantas el teléfono, pero sabes que nadie responderá..., esos en los que sé que ella no estará en la cocina preparando té y esas extrañas combinaciones de comida que a pesar de todo resultaban deliciosas. Las charlas a las tres de la mañana junto a la ventana...me atrevo a decir que aquel año fue el mejor que he vivido, el más valioso. El año en que aprendí a amar, existe una débil parte dentro de mí que cree con firmeza que quizás era esa la misión de Valeria en mi vida, sin embargo, me niego a tal consuelo que se limita avalar su ausencia.

—Me gusta tu cabello corto —dijo. Me espanto al verla sobre la encimera, el vaso cae de entre mis manos y el piso brilla con trozos de vidrios.

—No, no eres real —digo insistente, temeroso incluso de su recuerdo—. No eres real.

— ¿Y por qué estoy aquí entonces? —da un paso más cerca, acorralándome entre su fantasma y la pared.

Mi pecho se eleva y desciende con presión, la respiración escasea, todo da vueltas. *Duele.* Duele saber que no hay nada que pueda hacer para que Valeria simplemente deje de estar muerta, duele no sentir sus labios ni sus manos buscar la mía cuando paseábamos..., duele estar aquí por mi cuenta con las lágrimas quemándome los párpados y el recuerdo de la mujer que amo atormentándome en cada paso que doy.

—Ricitos...

—No…, no eres real. Deseo que lo seas, pero no, realmente no estás aquí —mi voz se corta a media oración y las lágrimas encuentran la vereda por mis mejillas tan solo para obligarme a sentir sus manos sobre las mías.

He perdido la cabeza.

—Harold...

— ¡NO! —la enfrento, pero no está, es mi madre quien me observa horrorizada desde la entrada contemplándome como el demente que he de ser ante sus ojos.

No importa cuánto pase el tiempo, su recuerdo se torna más y más fuerte, adquiere vida propia y me sigue a donde voy sin darme tregua a recuperarme..., acostumbrarme al hecho de que simplemente ya no está. En ocasiones me sigue cuando salgo a correr, señalando a cada mujer que pasa a mi lado.

—Incluso después de muerta sigues siendo descarada —arrojo entre dientes, pero aquello solo ensancha su sonrisa y eleva mi demencia.

—Tan solo quiero que seas feliz.

—Si es el caso, levántate de la tumba fría en la que te encuentras y verás cuán feliz puedo volver a ser —escupo con desdén y adelanto el paso como si pudiese escapar de ella.

Me encuentro atrapado en un círculo vicioso donde voy de la facultad al trabajo, del trabajo a casa donde el fantasma de mi novia pasea deliberadamente recordándome lo desdichado que soy al no tenerla, lanzando recuerdos a diestra y siniestra del año en que fui feliz. Desearía que al menos..., desearía que al menos hubiese durado un poco más. Sin embargo, no era justo para ninguno de los dos. Ella necesitaba descansar al igual que yo.

El veintinueve de diciembre al llegar a casa fui directo al sofá que daba a la ventana, ese en el que acostumbraba a verla en la madrugada tomando té. Sostuve la cabeza entre las manos y esperé a que se hiciese de un lugar a mi lado.

—Anda, te escucharé —dije sin poder encararla pues era tiempo de aceptar que Valeria ya no estaba..., que nunca regresaría.

— ¿Me dejarás ir?

—No, seamos honestos. Olvidarme de ti nunca pasará, permanecerás conmigo más de lo que lo ha hecho el Capitán Italia en la cultura pop —dije con nostalgia recurriendo a una de las tantas referencias que ella solía usar—. ¿Qué quieres de mí?

—*Que seas feliz...*

— ¿Sin ti? —me burlé—. Es más probable que nieve en el Sahara.

—*Quiero que vivas, que dejes de pretender que sigo aquí, al menos no de esta manera.*

—Te necesito, Val...

—*Nos volveremos a encontrar..., en otra vida. Lo sé. Quizás con otras caras, pero de seguro con el mismo corazón; tal vez en tu otra vida o en la mía..., no estoy segura del orden de las cosas, pero puedo sentirlo...*

— ¿Cuándo?

—*Pronto. No dejes de buscar; sólo te pido que seas feliz, sé que puedes hacerlo. Prometo que nunca me iré del todo.*

—He tocado fondo...

—*Sí..., estás un poquito loco, Rizos. Mírate, hablando con el fantasma de la molesta novia que tuviste.*

—De la mujer que amo.

—*Es todo lo que necesitaba saber para reconocer que tuve una buena vida después de todo..., gracias.*

—Val... —pero se había marchado, así sin más me dejó una vez más. Jamás he sabido si aquellas conversaciones fueron producto de mi acongojado corazón o no. Tan sólo me limité a respirar tanto como pude e ir por el DVD de Harry Potter y el Príncipe Mestizo, vi la saga completa durante toda la noche y me acurruqué en el sofá como si nada hubiese ocurrido. Sus palabras danzaban en mi cabeza en repetición aleatoria y de alguna forma la esperanza de encontrarla en otra vida, cuando fuésemos más sabios y comprensibles, donde la volvería a ver saltando en los muebles y cantando canciones que no sabe en lo más mínimo, enalteció el agotado corazón que poseo. Al día siguiente decidí salir de casa y vivir por los dos, llevar conmigo las esperanzas que alguna vez bajo los efectos del momento compartimos entre las sábanas mientras pasaba algún especial de Spiderman en la televisión, decidí llevar conmigo aquel

dolor que bien supe nunca me abandonaría y es que después de todo no era dolor sino el amor que compartimos. Fui capaz de sonreír y vivir como si jamás la hubiese perdido, como si no hubiera rasgado la fina tela de la demencia y el espíritu de mi pequeño ángel permaneciera a mi lado en cada noche cálida y de tormenta.
Sé por seguro que no volveré a encontrar un amor así en esta vida, no hasta que la vuelva a ver, sé que he de seguir adelante y vivir esta vida en su nombre..., soportar las mañanas en las que sea imposible salir de la cama sin que su recuerdo derrumbe mi alma e ir por el mundo como si guardase el secreto más maravilloso del universo, tal como alguna vez ella lo hizo.

Jamás he sabido afrontar la muerte, pero he de aprender a vivir con los buenos momentos que el breve paso de Valeria D´Amico marcó en mi hasta el final de los tiempos. No diré que soy completamente feliz pues una parte de mi falleció junto con ella, pero, guardo la vaga y certera esperanza de encontrarla, de tener una segunda oportunidad; de mi efímero gran amor aprendí que el universo es basto y los chances de atrapar tu alma gemela infinitos.

Agradecimientos

Primero quiero agradecer a mis padres por alentarme desde pequeña e inculcarme el amor por la literatura. A todas esas personas que siguen creyendo en mí.

Elí por emocionarte por los dos. Francis Santos, eres el mejor tutor de literatura que he tenido y cualquier escritor puede desear. A mis humanos favoritos que durante años me han alentado a dar el siguiente paso: Chris por ser la amiga escritora que toda escritora necesita. Wanda y María por hacer la portada más bella que he visto y tener paciencia con cada cambio. Juan, eres el mejor cheerleader que existe. Jhonny y Francis, son los mejores padres adoptivos que la vida universitaria pudo regalarme. Lewis que siempre que ha tenido la oportunidad preguntaba cuando iba a publicar. Lina y Esthefany por escuchar y crear conmigo. A todos y cada uno de ustedes gracias por siempre creer en mi sin importar que a veces yo misma no lo hiciera.

Agradecimientos

Acerca del Autor

Angélica Consoró Germán, dentro de tantos nombres también conocida como Laura, nació en República Dominicana un día de julio del 1994. Comunicadora Social de profesión, creadora y escritora por pasión.

Sus primeros inicios en la escritura se remontan a la edad de 9 años, alentada por su madre a participar en un pequeño concurso infantil. No fue hasta la edad de once años que comenzó a tomar la escritura como algo más serio y realizable. A la fecha puedes encontrarla en Wattpad bajo el nombre de usuario lauconsoro donde comparte historias y personajes inolvidables.

www.ingramcontent.com/pod-product-compliance
Lightning Source LLC
La Vergne TN
LVHW010548160826
845677LV00013B/3042

* 9 7 8 9 9 4 5 2 9 0 1 7 2 *